YRERYR

YRERYR

GARETH W. WILLIAMS

Gomer

Cyhoeddwyd gyntaf yn 2018 gan
Wasg Gomer, Llandysul, Ceredigion SA44 4JL
www.gomer.co.uk

ISBN 978 1 78562 246 5

Cyhoeddwyd gyda chymorth ariannol
Cyngor Llyfrau Cymru.

Argraffwyd a rhwymwyd yng Nghymru gan
Wasg Gomer, Llandysul, Ceredigion.

I Iestyn, Betsi, Gethin ac Elin

≈

Hoffwn ddiolch i
David Clwyd Jones ac Ann Lewis
am y cyngor creadigol ac i Beca Brown,
fy ngolygydd, am ei hamynedd.

Dechrau

Roedd cychaid o ryw ddeuddeg o bobl wedi cyrraedd y lanfa ar gyfer eu mordaith hwyrol allan o'r harbwr i'r bae ar *Fôr-forwyn y Berig* i weld y morloi a'r dolffiniaid, pe baen nhw'n lwcus. Roedd y llanw wedi troi ac ar ei ffordd allan, ond roedd digon o amser ar gyfer un wibdaith arall cyn iddi dywyllu a chyn i'r dŵr yng ngheg yr harbwr fynd yn rhy fas i'r ddau beiriant pwerus ar gefn y cwch eu tywys yn ôl i ddiogelwch dros y bar. Roedd Steff wedi didoli'r siacedi achub bywyd a phawb yn eistedd yn llawn cyffro yn y seddau fesul tri, yn blant a rhieni o dde Cymru gan mwyaf, a dau bensiynwr o Wolverhampton, draw yn ystod hanner tymor mis Hydref ar ddiwedd tymor prysuraf y Berig ers tro byd. Roedd Ceri ar flaen y cwch yn barod i ddechrau ar ei druth hwyliog, er ei fod yn dechrau diflasu ar ei jôcs dyddiol wedi'r tymor hir; fyddai'r ymwelwyr ddim callach, serch hynny, mai dyma'r canfed tro iddo eu traddodi.

Taniodd Steff y ddau beiriant ac ymlwybrodd y cwch hir allan i gyfeiriad ceg yr harbwr a gwylanod yn ei ddilyn. Roedd enw'r cwch yn y Gymraeg ar un ochr a gan y byddai 'môr-forwyn' yn dipyn o lond ceg i Saeson, roedd y geiriau *Berig Mermaid* yn glir ar yr ochr arall. Un o'r cychod hynny sy'n rhoi ymdeimlad o ddiogelwch oedd y *Fôr-forwyn* gyda'i swigod o blastig trwchus o amgylch corff y cwch; wedi'r cwbl, dyma'r math o gludiant a ddewisid gan griw bad achub. Gallai'r ymwelwyr gael gwefr o berygl wrth lamu trwy'r tonnau ond eto fod yn sicr o'u diogelwch. Ni fyddai Steff yn sbarduno'r pedwar can ceffyl y tu ôl iddo tan ei fod yn siŵr eu bod wedi gadael cychod yr harbwr o'u hôl, ond wedyn byddai'r grym yn cael ei ryddhau a gallai'r *Fôr-forwyn* lamu drwy'r tonnau i'r machlud.

Gwyliodd Carwyn hi'n gadael Bae'r Berig cyn iddi fynd o'r golwg heibio i Ben Sgwd. O'r tŷ uwchben tref fach y Berig gallai weld yr haul yn machlud yr ochr draw i'r bryn. Ddeufis yn ôl roedd y belen dân yn plymio'n uniongyrchol i'r môr ond roedd y gaeaf ar ei ffordd, a phrin y gwelai'r machlud maes o law trwy ffenest enfawr yr ystafell wydr adeiladwyd ar gyfer ei dad un tro. Roedd yn estyniad moethus i'r tŷ, lle gallai Gruffudd wylio ei ardd, fel y galwai dref y Berig, yn tyfu. Prin y meddyliodd Carwyn yr etifeddai sefyllfa yn ogystal â chyfoeth ei dad. Symudodd ei gadair olwyn drydan yn ôl er mwyn gwylio'r sgriniau niferus ar y wal. Dim ond un llaw oedd ganddo ers yr ymosodiad a phrin oedd y symud yn honno, ond roedd wedi dod yn ddeheuig wrth drin y lifer fechan a lywiai'r gadair o amgylch ei fangre fethedig. Griddfanodd un o'r ychydig seiniau a ddôi o'i enau bellach. Roedd crebwyll yno ond ni wyddai neb yn iawn faint.

Yn y bae bychan y tu draw i Ben Sgwd y byddai'r siawns orau i weld y morloi ac wedi hyrddio am ychydig i'w gyrraedd, dynesodd y *Forwyn* at y llecyn yn llawer mwy gofalus rhag amharu ar eu hedd. Yn ufudd, cododd dau forlo eu pennau uwchlaw'r dyfroedd i'w cyfarch, er mawr lawenydd i'r ymwelwyr. Gwichiodd un plentyn. 'Look, look, Mam,' meddai un arall. 'I can see them,' meddai eto wrth bwyso dros y swigen ddiogelwch.

'They'll be going off on their winter holidays soon,' meddai Ceri. 'Sand banks near Liverpool, we think. They come back with a Scouse accent anyway,' meddai wedyn. Chwarddodd pawb.

Ni chlywsant glec dawedog y fwled yn gadael y gwn na'i sŵn yn trywanu'r swigen ddiogelwch, dim ond hisian sydyn a'r plentyn yn dechrau syrthio i'r dŵr. Gafaelodd Ceri ynddo a'i lusgo i ddiogelwch. Roedd panig, wrth i'r ymdeimlad o antur ddiogel ddiflannu. Yn sydyn, roedd hon yn antur go iawn. Galwodd Ceri ar i bawb ddychwelyd i'w sedd a throdd Steff drwyn y cwch yn syth bìn am adref, gyda'r aer yn gollwng o'r swigen ar y tu blaen wrth iddynt fynd.

'Don't worry. Not a problem. Only one of the inflatables has been punctured, but we'll have to head back. Sit tight. We won't be hanging about.'

Erbyn cyrraedd yr harbwr eto er mawr ryddhad i'r teithwyr, roedd y swigen flaen yn llipa. Byddai'n rhaid cynnig ad-daliad ond roedd colli enw da yn fwy o broblem na'r pedwar can punt fyddai'n rhaid ei gynnig yn ôl. Hyderai Steff nad âi si ar led am yr anffawd. Roedd tymor llewyrchus arall i'w gael y flwyddyn nesaf a gallai'r digwyddiad fynd yn angof.

Yn y llwydwyll, cododd y saethwr o'r rhedyn uwchlaw'r bae. Gosododd y gwn gyda'r distewydd ar ei ffroen mewn bag gyda thaclau pysgota, a cherdded yn hamddenol tuag at gar oedd wedi ei barcio mewn cilfach gyfagos. Gwenodd. Roedd yr herwa wedi dechrau.

Pennod 1

Mrs Morwenna Griffiths oedd wedi gweld y llaw am y tro cyntaf yn hongian allan o'r wal goncrid wrth fynd â Tonto'r sbaniel am dro, a chafodd gryn sylw gan y cyfryngau o'r herwydd. Bu hi'n dipyn o seren ar *Newyddion Naw*, a phob sianel newyddion dan haul yn mynegi ei syfrdandod wrth weld y fath beth. Rhaid bod corff yn gysylltiedig â'r llaw yng nghoncrid y wal. Roedd yr heddlu wedi disgyn ar y Berig y noson cynt fel pla a rhubanau glas a gwyn blith draphlith o amgylch y wal at Faes Parcio'r Ogof. Codwyd mur o blastig fel pabell anferth i guddio'r wal a adeiladwyd i arbed y fynedfa i'r maes parcio rhag llid y tonnau. Ni allai hyd yn oed yr hofrennydd oedd uwchben y dref erbyn y bore gael golwg o'r hyn a ddigwyddai y tu ôl i'r llen. Bu llawer o fynd a dod gan bobl mewn siwtiau gwynion ac ar un achlysur daeth peiriant tyllu niwmatig a chlywid ei sŵn yn dyrnu wedyn, er mawr ddiddordeb i'r amryw ohebyddion oedd wedi ymgasglu yn sgwâr y Berig gyda'u faniau. Tua amser cinio daeth ambiwlans du a diflannu y tu ôl i'r llen, a gwelwyd ef yn ymadael yn fuan wedyn. Daeth trigolion y Berig o'u tai ar y bore Llun gwyntog hwnnw ym mis Hydref i wylio, a bu cryn drafod yng nghaffis y dref dros baneidiau coffi a chryn holi swyddogion prif swyddfa Daliadau'r Berig am natur yr helynt pan ddaethant am eu bagéts dyddiol amser cinio. Tenau iawn oedd yr wybodaeth a gawsant ganddynt. Doedd neb yn gwybod neu neb am ddweud. Y cwbwl allen nhw ei gyfrannu i'r drafodaeth oedd y byddai'r cyfan wedi 'cwpla' erbyn i'r plant ddod o'r ysgol ac y gallai hedd ddychwelyd i'r Berig bryd hynny.

Eisteddai'r cyn-insbector Arthur Goss ar fainc gyfagos ar y promenâd, lle dôi yn aml i wylio'r tonnau yn hyrddio at y traeth a'r gwylanod anniddig yn crwydro wrth chwilio am eu tamaid. Roedd mwy na'r môr a'r adar i'w weld heddiw a gwyliodd yr holl fynd a dod â diddordeb. Bu yno ers canol y bore. Cyrhaeddodd yno o'i garafán yn y Rhewl wedi clywed llais Mrs Griffiths ar y newyddion.

Roedd haul wedi bod ar y berthynas rhwng Branwen ac Arthur ac roedd ei ysgariad oddi wrth Gloria yn hen hanes bellach, ond roedd y ffaith na symudodd Arthur i'r bwthyn moethus roedd Branwen yn berchen arno ar gyrion y Berig yn rhith o gwmwl ar y gorwel. Ystyrid hi'n frenhines y dref bellach, fel yr unig epil yn ei iawn bwyll oedd ar ôl o dri phlentyn Gruffudd, y teyrn a fu. Roedd Arthur am gadw ei annibyniaeth. Treuliai nosweithiau yno a châi ambell bryd ganddi yn wythnosol, a gallai fanteisio ar ddyfroedd afon Igwy islaw'r bwthyn i bysgota. Roedd ei berthynas â Branwen yn un glòs ond roedd am sicrhau na fyddai ei draed yn mynd yn rhy bell o dan y bwrdd. Byddai oblygiadau nas mynnai yn deillio o hynny. Roedd wedi cwrdd â dau fab Branwen a oedd yn yr ysgol fonedd ger Llundain o hyd, ac ymwelent yn achlysurol yn ystod y gwyliau, ond nid oedd Arthur am fod yn ail dad iddynt. Gallai Mr Quinn fod yn dawel ei feddwl nad oedd Arthur am gymryd ei le o'r safbwynt hwnnw, er iddo gymryd ei le yn ei wely. Er i Branwen geisio symud y bechgyn i Goleg Llanymddyfri i fod yn agosach ati ac i gael blas helaethach ar Gymru a'r Gymraeg wedi iddi ysgaru a symud yn ôl i dref ei mebyd, colli fu ei hanes yn y frwydr honno â'i chyn-ŵr, oedd yn gyfreithiwr llwyddiannus yn Llundain. Nid oedd Branwen eto wedi cwrdd â'i blant ef. Roedd Lois ei ferch ym Mhrifysgol Abertawe a Llŷr ei fab yn Swindon a'r ddau'n naddu bywydau iddyn nhw eu hunain, a dim ond yn cadw cysylltiad o hirbell ers i Arthur wella o'r niwmonia a'i llethodd ar ddechrau'r flwyddyn.

Nid oedd Arthur ychwaith am gael ei dynnu i mewn i weithdrefnau Daliadau'r Berig. Roedd y rheini bellach dan adain Osian, y prif weithredwr newydd a apwyntiwyd i oruchwylio pob agwedd o'r busnes yn sgil anabledd parhaol Carwyn, yr unig fab oedd ar ôl wedi cyflafan y Foel lle lladdwyd Gerwyn ei frawd. Roedd yr apwyntiad yn rhyddhad i Branwen, oedd bellach yn benteulu. Gŵr ifanc, golygus, hawddgar a modern ei agweddau yn ei dridegau oedd Osian, a apwyntiwyd ryw ddeufis ynghynt. Daeth â bonllef o gymeradwyaeth gan sawl un o'r buddsoddwyr i'w ganlyn wedi iddynt ei gynnig fel un a allai ymgymryd â chymhlethdodau'r busnes. Roedd yn Gymro i'r carn, yn hynod alluog ac yn hollol benderfynol a threfnus ei anian. Byddai'n olynydd addas i Carwyn, yn briod â'i waith yn hytrach na phartner. Roedd busnesau ym myd amaeth, trafnidiaeth, cludiant, bwyd a diod, siopau, gwestai, a bron y cyfan o dai a ffermydd y Berig a llawer y tu hwnt o dan ei ofal. Roedd ei gynlluniau ar gyfer y dref a'r brand yn uchelgeisiol. Dim ond i Branwen roedd yn atebol. Gwelid ef bob bore yn loncian trwy'r dref yn ei ddillad rhedeg i'w waith. Câi gawod yno cyn newid i'r wisg anffurfiol ond trwsiadus oedd yn ofynnol i holl weithwyr y swyddfa yn y Berig. Roedd yn dda gan y to ifanc a weithiai yno'r ymagwedd oleuedig hon at gyflogi. Y gwaith a gyflawnid oedd yn bwysig, nid y ddelwedd wrth ei gyflawni, ond gwyddent bob un mai byr fyddai eu harhosiad gyda'r cwmni pe na chyflawnid y gwaith i'r safon angenrheidiol. Ond gwyddent hefyd y deuai bonws sylweddol, ond cymesur, o'r coffrau pe byddai ffyniant ac elw yn deillio o'u hymdrechion. Roedd meddalwedd yn rhwydwaith y busnes i feintoli hynny. Roeddent yn gyfranwyr i ddiwylliant Cymraeg a Chymreig y dref ac yn gyfranogion ohono, a doedd neb ar frys i ymadael â'r ynys ffrwythlon, ffyniannus, ddiogel hon; ac yn bennaf oll, roedd bod yno yn cŵl. Doedd pobl fel Osian ddim at ddant Arthur. 'Rhy berffaith!' oedd ei sylw amdano.

Agorodd y llen blastig a daeth dyn barfog cyfarwydd trwodd yn tynnu menig rwber o'i ddwylo a cherdded at Arthur. 'Shwmai, Mr Goss,' meddai.

'Shwmai, Stanley,' atebodd Arthur gan hanner wenu ar yr uwch-insbector ifanc. 'Special Ops yn methu cadw draw?'

'Angen tipyn o wynt y môr,' meddai Stanley.

'Croeso.' Roedd digwyddiadau'r gwanwyn yn dal yn

glir yng nghof Arthur. 'Syniad pwy ydy o, neu oedd o?' holodd.

'Oes,' atebodd Stanley. 'Oes syniad 'da chi?' holodd Stanley wedyn.

'Oes,' oedd ateb yr un mor goeglyd o swta Arthur.

'Wel pwy, 'te?' holodd Stanley.

'Ti gynta,' meddai Arthur.

'Chi ddim yn newid, Goss,' meddai Stanley â gwên lydan.

'Arnat ti un i mi. Dwed dy ddweud,' mynnodd Arthur.

'Roedd y corff yn syndod o dda o ystyried ei fod wedi bod mewn bag plastig yn y wal am gyfnod, ond dim ocsigen, felly dim pydru mewn coban o goncrid. Y croen wedi mynd ormod i ni gael ôl ei fysedd ond fe gawn ni ID o'i ddannedd e. Synnwn i ddim nad yw e wedi bod yn y carchar ar ryw adeg. Un o ffrindiau Mr Loughlin, faswn i'n tybio.'

'Unrhyw syniad sut buo fo farw?' holodd Arthur.

'Dim arwyddion amlwg.'

'Chwilia am olion *ketamine*,' meddai Arthur wedyn.

'Pam y'ch chi'n dweud hynny, a sut y'ch chi'n gwybod?'

'Hen drwyn a gwybodaeth leol,' meddai Arthur, a'i hen ymarweddiad plismonaidd yn dychwelyd am ennyd. 'Syniadau am bwy roddodd o yno?'

'Ry'ch chi'n gofyn gormod nawr,' atebodd Stanley.

'Ti'n gwybod cystal â fi,' meddai Arthur, a gwyro ei ben yn awgrymog.

'Ydw, ond dw i ddim yn agor fy ngheg yn rhy gynnar.'

'Yr hen gardiau yna yn agos at dy frest di o hyd, Stanley?'

'Y lle gorau iddyn nhw fod.'

'*Come on*, insbector, efo fi ti'n siarad; fi oedd y pry genwair ar dy fachyn di i ddal Loughlin a'i griw ar y Foel. Dwed dy feddwl, fachgen. Fydd o ddim yn newyddion i mi.' Gallai ddefnyddio 'ti' gyda'r uwch-swyddog hwn. Doedd e ddim yn y ffors bellach.

Edrychodd Stanley ar Arthur. 'Y brodyr. Hapus nawr?'

Oedodd Arthur am eiliadau hir cyn gofyn, 'Ddaw yna rywbeth o hyn?'

'Dw i'n amau,' meddai Stanley yn crychu ei drwyn. 'Allwch chi fod o help?'

'Braidd yn rhy agos i lygad y ffynnon erbyn hyn.'

'Dw i'n gwybod. Chi'n ddyn lwcus iawn. Menyw arbennig. Lot fawr o arian hefyd,' ychwanegodd Stanley yn awgrymog.

Nid ymatebodd Arthur.

'Un brawd yn ei fedd a'r llall yn non compos mentis. Beth yw'r pwynt?' aeth Stanley yn ei flaen. 'Mae'r llinach wedi mynd, a'r gorffennol yn hen hanes. Yr heddlu lleol sy'n edrych ar ôl pethau yma nawr. Dydyn nhw ddim yn swnio fel 'taen nhw'n rhy awyddus i gorddi'r dyfroedd yma chwaith.'

'Felly pam wyt ti yma?'

'Tacluso, rhoi arweiniad a chyd-destun iddyn nhw yma. Ticio bocsys.'

'Price yma?' holodd Arthur.

'Ydy, ond ddim ar hyn o bryd. Wedi mynd i weld ei fam. Yno ar ei wyliau. Mi fydd yn galw draw am ddishgled, greda i,' meddai Stanley wrth godi i ymadael. 'Chi'n dal i fyw yn y garafán yna yn y Rhewl?'

Nodiodd Arthur. 'Mae'n gwneud y tro i mi yn iawn. Paid â bod yn rhy ddiarth,' meddai wedyn ar ei ôl, a diffyg argyhoeddiad ym mhob sillaf.

Trodd Stanley a gwenu. Ni wyddai ai cymrawd neu gystadleuydd oedd Arthur ond roedd parch gan y naill at y llall.

Gwir oedd y darogan. Roedd y babell a'r rhubanau glas a gwyn wedi mynd erbyn i'r plant ddod o'r ysgol, a'r rhan fwyaf o'r wasg hefyd. Roedd y stori wedi mynd yn hesb. Roedd ambell blismon yn loetran o amgylch y safle o hyd, ond roedd pethau wedi tawelu yn sylweddol wedi bwrlwm y dydd. Byddai datganiad gan yr heddlu o'r pencadlys maes o law. Rhaid fyddai aros tan hynny am fwy o oleuni. Erbyn min nos roedd cymysgydd concrid wedi cyrraedd ynghyd â nifer o weithwyr i atgyweirio'r archoll a wnaethpwyd yn y wal. Byddent yno drwy'r nos. Roedd ôl chwip Osian ar y brys. Pe byddai ymwelwyr fyddai dim llawer i'w weld.

Roedd dyddiau'r hydref yn oeri a'r lleithder yn yr awyr yn dechrau tarfu ar frest Arthur. Ni fyddai effaith y niwmonia yn ei adael a chymerodd ddracht o'i bwmp ar y ffordd yn ôl at ei hen Vauxhall yn y maes parcio. Gwrthododd sawl cynnig gan Branwen i gael 'olwynion' newydd trwy'r cwmni. Roedd arno eisiau bwyd. Byddai wedi tanio sigarét i leddfu'r chwant chwe mis yn ôl ond roedd yn gryf ei ewyllys, er bod yr awydd yn dod drosto ar adegau.

Daeth Steff ato. 'Oes 'da chi funud, Mr Goss? Chi'n nabod fi?'

'Ydw. Ti 'di'r hogyn ar y *Fôr-forwyn*?'

'Ie, fi moyn eich barn ar rywbeth.'

'Iawn, *fire away*,' meddai Arthur, yn dal i gerdded at ei gar.

'Fi moyn i chi ddod i weld y cwch.'

'O, rŵan?' Nid oedd drachtio o'r oerfel ar ei agenda ac edrychai ymlaen at wres y car. 'Fedar o aros tan y bore?'

'Wel, na a dweud y gwir,' meddai Steff, a digon o ymbil yn ei lais i ddarbwyllo Arthur.

'Ble mae hi?'

'Yn iard y cychod draw fan acw,' meddai Steff, gan gyfeirio at y buarth helaeth ger yr harbwr lle gellid cadw cychod dros y gaeaf.

'O, olreit,' meddai Arthur a throi i gyfeiriad yr iard.

Er mai ar y cyrion y mynnai Arthur fod yn y Berig, roedd pawb yn gwybod am ei berthynas â Branwen, a thrwy ei orchestion yn gynharach yn y flwyddyn yn achub Branwen rhag dihirod cas, roedd bellach yn hysbys i bawb. Gwyddent am ei waith blaenorol fel insbector gyda'r heddlu yn yr ardal ac ystyrid ef yn ddyn doeth y gellid troi ato, ond roedd Arthur Goss yn seléb hynod anfoddog.

'So fi'n moyn gwneud rhyw ffŷs mawr o hyn a so fi moyn dod â'r polîs mewn i bythach a dyna pam fi'n gofyn i chi,' meddai Steff wrth ddynesu at y *Fôr-forwyn*, oedd bellach ar y drol arbennig i'w chyrchu o'r dŵr ac i'w chludo ar hyd y ffordd. Roedd ei thrwyn yn llipa a'r swigen ddiogelwch ar y blaen wedi sigo. Roedd Steff yn berchen ar un o'r ychydig fusnesau annibynnol oedd ar ôl yn y Berig.

'Pyncjar?' holodd Arthur.

'Ie, ond mae rhywbeth yn od ambwytu'r pyncjar hyn. O'n i'n meddwl bo ni wedi bwrw rhywbeth siarp yn y dŵr. Dyma'r twll, ch'weld,' meddai gan gyfeirio at rwyg taclus, crwn a fyddai dan lefel y dŵr. 'So fe'n debyg iawn i dwll fydde wedi digwydd wrth fynd dros ddim byd. Roedd hyn wedi digwydd pan o'en ni'n llonydd 'fyd.'

'O,' meddai Arthur, yn ceisio dangos digon o ddiddordeb a dealltwriaeth o bethau morwrol.

'Ond beth sy'n fwy od,' aeth Steff yn ei flaen, 'yw bod twll yn y top 'fyd. Mewn llinell syth at y llall.' Dangosodd dwll taclus arall ar dop y swigen ddiogelwch. 'Ch'weld? Mae rhyw fastard wedi bod yn saethu aton ni. Fydde dim byd arall ond bwled yn gallu gwneud hyn. Dyma ble a'th hi mewn, a dyma ble daeth hi mas,' meddai'n ddramatig wrth gyfeirio at y ddau dwll yn eu tro.

'O,' meddai Arthur eto, a thipyn mwy o frwdfrydedd yn ei lais erbyn hyn. 'Pryd digwyddodd hyn?'

'Neithiwr. Ein trip olaf ni am y tymor. O'n i ddim wedi edrych tan prynhawn 'ma a'r ffŷs hyn i gyd yn y dref. Oe'n ni wedi mynd mas rownd Pen Sgwd,' meddai Steff gan bwyntio at y penrhyn yr ochr draw i'r bae, 'ac wedi stopo i weld y morfilod pan ddigwyddodd e. O'dd raid i ni ddod 'nôl yn eitha siarp wedi 'ny'n eitha siŵr.'

'Rhywun wedi brifo?'

'Na, ond fe gostodd e bedwar can punt o arian yn ôl i'r cwsmeriaid. Fe gostiff e lot mwy os aiff y stori ar led bod hyn wedi digwydd.'

'Mmm. Diddorol,' meddai Arthur. ''Sdim lot alla i wneud, cofia, na'r heddlu o ran hynny. Mae pwy bynnag wnaeth wedi hen fynd, ond gad o efo fi am y tro.'

'Iawn, Mr Goss. Diolch.'

'Ond paid â dal dy wynt.'

'OK.' Ond roedd Steff wedi ei fodloni. Roedd wedi cael rhannu ei bryderon.

Nid oedd chwant ar Arthur fynd i archwilio pen y clogwyn. Byddai wedi nosi erbyn iddo gyrraedd ac roedd tipyn o lethr i gyrraedd y fan. Roedd corff heini'r llanc yno o hyd ond roedd diffygion ei fegin yn gallu ei lethu ar brydiau. Gallai aros tan yfory.

Doedd dim pwynt galw yn y bwthyn, roedd Branwen i ffwrdd. Gwyddai Arthur yn iawn i ble a pham yr aeth.

Pennod 2

Yn ystod y pythefnos cynt y cyrhaeddodd y dystiolaeth y bu Branwen yn aros amdani. Roedd Arthur gyda hi pan dderbyniodd hi'r llythyr.

Roedd y chwant am gael yr wybodaeth derfynol wedi bod yn corddi ynddi ers tri mis a mwy ers iddi wawrio arni nad Gruffudd oedd ei thad, ond, yn hytrach, y terfysgwr o Ogledd Iwerddon a'i herwgipiodd. Roedd edrych ar hen luniau o'i mam a dynnwyd tra oedd hi'n athrawes yn Strabane wedi codi amheuon cryfion, ond nid aeth i'r afael â nhw tan i ddigwyddiadau'r gwanwyn dawelu ac iddi gael cyfle i ddygymod â'i rôl fel penteulu ac arweinydd Daliadau'r Berig. Bu angladdau, cyfarfodydd a chyfweliadau, gan symud y baich gwaith yn raddol oddi ar ei hysgwyddau. Llwyddodd i ddilyn cyngor Gruffudd a fynnai mai dogni gwaith yn ddoeth i weithwyr da a dibynadwy oedd swyddogaeth arweinydd, nid gwneud y gwaith ei hun. Bu Osian yn gymorth amhrisiadwy iddi i gyflawni hyn ac erbyn yr hydref gallai led-ymlacio a chadw golwg o hirbell. Er hynny, fel y gwyddai Arthur, roedd baich y cyfrifoldeb yn drwm arni ar brydiau.

'Ti'n gwybod be fydd o'n ddweud cyn i ti ei agor o,' meddai Arthur, yn chwilota am rywbeth addas i'w ddweud a fyddai'n gwneud y gwaith darllen yn haws.

'Ydw, ond mae cadarnhad o rywbeth mor ysgytwol yn dipyn o sioc. Fe fydd e'n dweud wrtho i'n bendant nad fi oedd y fi oeddwn i'n meddwl oeddwn i.'

'Jest agor o,' meddai Arthur wedyn, a'i sgiliau diplomataidd wedi cilio am y tro. Roedd Branwen yn chwifio'r amlen yn ei llaw fel petai'n boeth. Eisteddodd ar y soffa a rhwygo'r papur yn ofalus a thynnu'r llythyr allan.

Roedd gan Arthur gysylltiadau, trwy Price, i gael prawf DNA o enynnau Branwen a gallent eu cymharu â DNA Mathew Loughlin. Cedwid sampl o DNA pob carcharor a fu yn y Maze, ac er y bu'n rhaid eu dinistrio fel rhan o Gytundeb Gwener y Groglith, roedd yr wybodaeth ar gof a chadw ar ryw gyfrifiaduron dirgel yn rhywle. Gwyddai Stanley a'i gyd-weithwyr ble. Anfonodd hi sampl o boer i ryw labordy anhysbys tua Cheltenham. Hwn oedd yr ymateb.

Agorodd Branwen y llythyr yn benderfynol a'i ddarllen gan dynnu anadl ddofn, a chwythu gwynt o'i bochau wedyn cyn trosglwyddo'r darn papur plaen i Arthur.

Nid oedd ond un llinell ar y llythyr:

Sample A is compatible with sample B, suggesting a direct genetic link.

Nid oedd na chyfeiriad na llofnod.

'Mi fedren nhw fod wedi bod dipyn yn fwy cynnil,'

meddai Arthur ar ôl tipyn, yn ceisio torri'r tensiwn. 'Ond mae gen ti'r cadarnhad rŵan,' ychwanegodd â thôn fwy difrifol i'w lais.

'Oes,' atebodd Branwen a'i llygaid yn edrych yn syth at y wal gyferbyn.

Penderfynodd Arthur mai tewi oedd orau. Gallai Branwen edrych yn hollol ddifrifol a phenderfynol ar brydiau. Roedd agor y llythyr a'i ddarllen fel petai wedi dod â rhyw galedwch i'w hwyneb.

'Reit, 'na ni,' meddai, a chodi fel petai hi ddim am drafod y peth ymhellach, ond gwyddai Arthur yn iawn nad dyma ddiwedd y mater. Aeth Branwen i'r gegin a throi'r tegell ymlaen. 'Te?' holodd.

Dilynodd Arthur hi. 'Ia, plis,' meddai. Disgwyliai ryw ffrwydrad o emosiwn ganddi, ond ni ddaeth. 'Ti am fynd i chwilio am dy dylwyth, on'd wyt?'

'Falle,' atebodd hithau, yn dal a'i chefn ato wrth hwylio'r cwpanaid. 'Ti am i mi ddod efo ti?'

'Dw i ddim yn meddwl y bydde hen gopar yn cael fawr o groeso, yn arbennig gan ei fod o wedi bod ymhlyg â sut y bu farw un o'r teulu.'

'Na, am wn i.'

'Alli di, trwy dy gysylltiadau di, ddod o hyd i grud y teulu i mi?'

'Mi ga i air â Price. Fyddi di ddim yn hapus tan i ti fod yno, yn na fyddi?'

'Na.'

Tawel iawn fu'r cwpanaid a Branwen ymhell yn rhywle.

'Mi fyddi di o bosib yn crafu hen greithiau na fyddan nhw am i ti eu crafu,' meddai Arthur ar ôl tipyn.

'Wn i.'

'A dydyn nhw ddim wedi bod yn saint.'

'Wn i hynny 'fyd.'

'Jest bod ti'n gwybod.'

'Fi'n gwybod, reit?'

'Reit.'

'Go to it, Goss. Cer at y cysylltiadau dirgel 'na sy 'da ti.'

'Iawn, Miss,' meddai Arthur.

Roedd yn ddigon balch i adael y bwthyn mewn byr o dro wedyn a chilio i ddiogelwch y garafán. Yn fuan wedi cyrraedd yno cododd y ffôn i anfon neges destun at Price. Bu Price yn gwnstabl dan ei adain un tro cyn iddo droi i'r 'ochr dywyll', fel y galwai Arthur waith y cwnstabl ifanc dan adain Stanley yn yr SCU. Er mai byr oedd yr amser y bu'r ddau'n gweithio gyda'i gilydd, roedd eu hynt a'u helynt wedi bod yn eithaf clwm â'r Berig a'r datblygiadau amrywiol yno fu'n graidd i'r helynt hwnnw.

'Rho ffôn pan gei di gyfle,' oedd ei neges fer.

Y bore wedyn daeth yr alwad gan Price. 'Shwmai, Bos,' daeth llais hwyliog y cwnstabl i lawr y ffôn. 'Brysur?' holodd wedyn.

'Heb stopio. Yr ymddeol ddiawl yma'n cymryd 'yn amser i i gyd. Oes yna rywun yn gwrando?'

'Be chi'n feddwl, Syr?'

'Oes yna rywun heblaw ti'n gwrando? Dw i'n nabod

dy dricie di efo dy dechnoleg yn yr SAS neu pwy bynnag wyt ti'n gweithio iddo fo.'

'Na, jest fi, Bos, tro hyn.'

'Ti'n cofio'r sampl yna gest ti i wneud prawf DNA arno fo?'

'Ydw, wrth gwrs.'

'Wel, roedd o'n bositif.'

'Fi'n gwybod.'

'Blydi hel, chi'n methu dim byd ar yr ochr dywyll 'na.'

'Gwneud ein gorau.'

'Dw i am wybod tipyn o hanes Loughlin.'

'Pam?'

'Chwilfrydedd.'

'Mae Branwen moyn gwybod, on'd yw hi?'

'Rhywbeth felly.'

'Fe wnaethon ni dipyn bach o ymchwil cyn yr op diwetha 'na a darganfod ambell beth diddorol.'

'Sef?'

'Bod mam Branwen, gwraig Gruffudd, wedi bod yn gweithio yng Ngogledd Iwerddon, rywle yn yr ardal roedd Loughlin yn dod ohoni. Fe ddaeth hi yn ôl a phriodi Gruffudd. Gorffennodd hi yn yr ysgol ym mis Mawrth. Fe briodon nhw ym mis Ebrill. Cafodd Branwen ei geni ym mis Medi. Chwe mis wedyn. Dydy'r maths ddim yn anodd. Roedd y ffaith eich bod chi moyn cymharu sampl DNA 'da DNA Loughlin yn dipyn o *give away* 'fyd. Wedoch chi ddim pwy oedd yn berchen ar y sampl newydd ond doedd e ddim yn brên syrjeri i ddirnad pwy.'

'OK, clefar clogs, sut gest ti wybod hyn i gyd?'

'Wel, 'dyw beth fi'n ei wybod ond yn rhywbeth all rhywun ei ddarganfod o gofnodion genedigaethau a phriodasau, ar y we: chi'n gwybod, y peth dirgel 'na chi ddim moyn gwybod rhyw lawer amdano fe.'

'Ia, ia, jest dwed wrtha i be arall sy ar y blydi we,' meddai Arthur yn ddiamynedd.

'Wel, roedd e o bentre ddim yn bell o Lurgan yng Ngogledd Iwerddon. Clontarf, dw i'n meddwl. Llond pentref o Loughliniaid yn y fan honno. Lot wedi marw; lot wedi gadael i bedwar ban, rhan fwyaf i America. Plismyn, lot ohonyn nhw; rhai eraill yn ddynion busnes llwyddiannus iawn – un yn arbennig, brawd hynaf Mathew, Simon, sy'n berchen ar Allbuild, cwmni adeiladu enfawr dros y dŵr; rhai ar ôl, ffermwyr gan mwyaf. Oes pensel 'da chi?'

'Oes, oes, dal ati.'

'Roedd e'n fachan go glyfar yn yr ysgol. Gwneud peirianneg yn y brifysgol. Tipyn o garisma yn ôl beth glywais i. Cerddor, tipyn o fardd hefyd. Meithrin y cysylltiadau â'r IRA tra oedd e yn St Mary's, Belfast. Meithrin cysylltiadau â chyffuriau yno hefyd. Yn y maes hwnnw ddewisodd e ddefnyddio ei dalentau wedyn. Y sôn ydy bod lot o les wedi dod i'r pentref yn ei sgil e. Tipyn o arwr lleol.'

'Oddi wrth Simon gawsoch chi'r wybodaeth am y cyffuriau yn dod trwy'r Berig yn lle cyntaf, ynte? Hwnnw oedd wedi cario clecs am yr INLA i chi, ynte?'

'Sai'n dweud 'ny,' meddai Price. 'Digon?' Nid oedd am i Arthur ddilyn y trywydd hwnnw.

'Am y tro,' meddai Arthur, ac oedi cyn ychwanegu:

'Ti'n cadw'n brysur?' er mwyn peidio ag ymddangos yn rhy ffurfiol.

'Yn eitha bishi.'

'Rhywbeth diddorol ar y gweill?'

'Y peth hyn a'r peth arall, chi'n gwybod.'

'Cymer ofal,' meddai Arthur â chwerthiniad tawel, gwybodus. 'Diolch, was,' meddai wedyn a gwasgu'r botwm i orffen yr alwad.

O fewn tua phum munud daeth neges destun oddi wrth Price:

Mae ei fam e'n dal yn fyw – 92

Byddai digon ganddo i Branwen, ond gwyddai hefyd na fyddai'n ddigon i fodloni ei chwilfrydedd hi ac mai ofer fyddai unrhyw ymdrech i'w darbwyllo i beidio â cheisio darganfod mwy.

Felly, mewn gwesty yn Lurgan roedd Branwen pan oedd trybini'r llaw a'r wal yn digwydd yn y Berig. Penderfynodd Arthur mai doethach oedd peidio â'i hysbysu am y datblygiadau. Roedd digon ar ei phlât ac ni allai wneud dim o bell. Gwyddai iddi fynnu heddwch oddi wrth faterion y swyddfa gan Osian tan ar ôl iddi ddychwelyd. Roedd yr wybodaeth a gafodd trwy Arthur yn ddigon o ddolen gyswllt, ac o fewn yr wythnos roedd hi wedi dal y fferi o Gaergybi i Ddulyn a gyrru yn ei char i Lurgan. Fin nos y cyrhaeddodd, yn rhy hwyr i fynd i chwilota.

'Here on business, Mrs Brân, is it?' holodd y gŵr ifanc hynaws yn nerbynfa'r gwesty, gan geisio sicrhau nad oedd yn camynganu'r enw anghyfarwydd â'i acen Gogledd Iwerddon dew.

'Sort of. Family connections,' atebodd Branwen yn ddigon amwys.

'Not often we get people from Wales in these parts. Most seem to want to go to the south.'

Gwenodd Branwen. 'They probably don't realise that the Troubles are long gone,' meddai hi wrth gynnig ei cherdyn credyd i'r gŵr ifanc.

'No need for a card yet, madam. You don't look like the type to do a runner on us. Besides, we got your card details when you booked. Staying in Lurgan?' holodd wedyn, yn ceisio bod yn gyfeillgar â'r fenyw ddeniadol â'r dillad chwaethus yr ochr arall i'r cownter. Roedd y gwesty yn dawel a'r gwesteion yn brin. Roedd hwn yn amlwg yn falch o gael siarad i dorri ar undonedd y noson.

'Not exactly. Going to Clontarf. This is the nearest hotel.' Doedd hi ddim am rannu gormod o fanylion am berwyl ei hymweliad â dieithryn. Roedd hi am gael ei hallwedd, ymolchi a pharatoi am bryd hwyrol, ond doedd y gŵr ifanc ddim am roi'r gorau iddi mor hawdd â hynny.

'Any particular family you're looking for?' holodd yn eithaf di-hid wrth graffu am ennyd ar sgrin ei gyfrifiadur.

'Loughlin,' atebodd hithau, yn edifar iddi rannu gwybodaeth mor rhwydd.

'Royalty, eh! Just walk into the bar there, they won't

be far away. You can't miss it. The name's a bit of a giveaway.'

'Can I get something to eat here?'

'Officially the kitchen closed at half past eight, but I'm sure we can rustle something up for you from the bar menu,' meddai, a throi at ei gyfrifiadur i awdurdodi'r allwedd cerdyn i'w hystafell. 'I'm from Clontarf myself,' ychwanegodd wrth deipio. 'Room 16,' meddai wedyn, a chynnig yr allwedd iddi. 'Enjoy your stay, madam. Mind you, Clontarf on a rainy October day is nothing to write home about.'

Gwenodd Branwen a derbyn yr allwedd a thynnu ei bag i gyfeiriad y lifft.

'Third door on the left on the second floor,' meddai ar ei hôl. 'Will you be wanting breakfast, madam?'

'Yes, eight o clock,' meddai hi wrth gamu trwy ddrws agored y lifft. Caeodd y drws ar ei hôl a dianc, o'r diwedd, rhag chwilfrydedd y gŵr ifanc.

Dros frecwast gwenodd yr un gŵr arni. Roedd mewn lifrai gweinydd y tro hwn. 'Tea or coffee, madam?' meddai, tra eisteddai Branwen yn synfyfyriol yn gwylio traffig boreol Lurgan yn sgrialu heibio yn y glaw trwy ffenest flaen y gwesty. Roedd wedi synnu erioed at sut roedd bwyta rhywbeth fel petai'n gwneud rhywun yn anweledig, a châi'r bwytäwr neu yfwr y coffi drwydded i sbecian ar fywyd yn mynd heibio am ysbaid hir heb fod yn rhan ohono. Roedd sawl agwedd ar fywyd Lurgan yn dra thebyg i'r Berig, ac eto'n hollol wahanol. Sgwn i pa rymoedd sy'n gwneud i'r lle yma weithio, meddyliodd. Roedd yr ystafell frecwast yn eithaf gwag.

'Still here?' holodd hithau.

'Multitasking, madam. And will you be wanting a full breakfast?'

'Dear me, no. Just tea, toast and some orange juice, thank you.'

'Your wish is my command,' meddai, a diflannu trwy ddrws cyfagos.

Gwenodd ar y gŵr ifanc oedd yn ôl y tu ôl i ddesg y dderbynfa wrth iddi ymadael. Roedd ar y ffôn. 'Hang on a minute, Brendan,' meddai, a chodi ei ben i roi'r sylw dyledus i'w westai. 'Will you be wanting dinner tonight?' holodd ar ei hôl wrth iddi fynd at y drws.

'Not sure. I'll phone,' meddai Branwen ac ymadael.

Prin oedd y ceir yn y maes parcio. Paratôdd y sat-naf a thanio'r injan.

Trodd y gŵr ifanc yn ôl at ei alwad ffôn. 'Aye, yer won't miss her. Sporty Mercedes, stunner, dressed like a million dollars.' Oedodd am eiliad cyn parhau. 'How the fuck should I know what she wants? It's more than my job's worth to tell yer this much. And thank you too!' meddai a rhoi'r derbynnydd yn ôl yn ei grud.

Nid oedd brys ar Branwen a gyrrodd yn hamddenol trwy'r wlad doreithiog oedd o'i hamgylch. Roedd y glaw wedi peidio. Gwyrodd oddi ar y brif ffordd sawl gwaith yn groes i gyngor llais y sat-naf i gael blas o'r tir gwastad yno, tir oedd yn diriogaeth mebyd ei thad. Nid oedd fawr ddim ar y ffyrdd a gallai loetran ar y lonydd culion oedd yn arwain at Clontarf. Roedd y coed wedi diosg llawer o'u dail a'r perthi'n eithaf llwm, ond roedd harddwch ym moelni'r wlad. Roedd arogleuon chwalu tail yn drwm ar yr awel wrth iddi agosáu. Wrth iddi gyrraedd cyrion y pentref bu'n rhaid iddi arafu tu ôl i dractor oedd yn cludo ei lwyth drewllyd. Tynnodd i mewn i gilfan i'w gadael hi heibio. Cododd y gyrrwr ei law arni wrth iddi basio. Cododd ei ffôn symudol wedyn.

Nid oedd ond tair rhes o dai a'r rheini'n cyfarfod ar gyffordd yng nghanol y pentref. Roedd y dafarn yno gyda'r arwydd 'Loughlin's' yn amlwg ar ei thalcen. Byddai tamaid o ginio yn fan addas i ddechrau, meddyliodd. Ni sylwodd Branwen ar yr Honda 4x4 llwyd nac ar y gyrrwr yn ei gwylio o gyrion yr archfarchnad fechan yn y pentref. Ni sylwodd arno chwaith pan aeth hi i barcio gyferbyn â'r fynwent dros y ffordd i'r eglwys Gatholig ar y cyrion pan aeth yno i sbecian o amgylch y cerrig beddi.

Roedd y Loughliniaid yn drwch yno, wedi eu gosod ar wahân i'r Kennys a'r Connells oedd yno yn eu niferoedd hefyd. Roedd fel petai pob un o'r teulu am ddychwelyd i'r pentref pan ddôi eu tranc. Roedd rhai o Efrog Newydd, Chicago a Baltimore, heb sôn am y nifer sylweddol oedd wedi dod o Lerpwl. Yn eu plith roedd bedd i Mathew Loughlin. Nid oedd sôn am wraig, dim ond:

'Beloved son of Columb and Siobhan, died May 12th 2015.'

Trawodd y dyddiad Branwen fel gordd. Roedd hi yno pan ddiweddodd ei oes mor ddramatig ar y Foel. Nid oedd sôn am ei yrfa amheus fel aelod o'r IRA a'r cyfoeth sylweddol a ddeilliodd o bedlo cyffuriau; fe'i claddwyd ef yma â pharch gan ei gymdeithas frodorol. Tystiai'r garreg fedd sylweddol i hynny.

Nid oedd ganddi flodau i'w gosod ond safodd yno yn brudd am ysbaid hir, cyn plygu i gymoni tipyn ar y bedd a thynnu ambell chwynnyn oedd wedi meiddio treiddio trwy'r graean newydd. Drws nesaf roedd bedd Columb Loughlin fu farw yn Rhagfyr 1997. Roedd lle ar y garreg ar gyfer Siobhan. Nid oedd wedi mynd i orwedd wrth ei ochr eto. Troellai'r brain yn swnllyd uwchben y coed moel o amgylch y fynwent.

Daeth deigryn i'w llygad wrth gerdded yn ôl at ei char. Roedd hi wedi sefyll wrth fedd ei thad. Roedd cwestiynau lu ganddi: A wyddai'r gymdeithas am ei bodolaeth? Oedd brodyr a chwiorydd ganddi ac a wydden nhw amdani hi? A wyddai Gruffudd nad ef oedd ei thad? Beth oedd y trallod ym meddwl ei mam? A wyddai Siobhan?

Taniodd yr injan. Roedd hi'n dynesu at amser agor y dafarn. Ni sylwodd ar yr Honda yn parcio ym maes parcio'r dafarn nid nepell oddi wrthi. Arhosodd am eiliadau hir, myfyrgar cyn mentro i mewn. Ni ddaeth neb o'r Honda ond roedd meddwl Branwen yn rhy bell i sylwi.

'What'll it be?' meddai'r tafarnwr rhadlon.

'Lunch?' holodd Branwen.

'Not much choice, I'm afraid, but I'll see what I can do.'

'A sandwich will be fine.'

'Ham or cheese?' holodd. 'Oh, hi, Brendan,' meddai

wrth y gŵr yn ei chwedegau oedd wedi cyrraedd yr ystafell ar ôl Branwen.

'Ham, I think, and coffee. Mr Loughlin, is it?'

'Not me. I just work here, but he is,' atebodd y tafarnwr gan gyfeirio at y gŵr a oedd bellach yn pwyso ar ben arall y bar.

Amneidiodd Branwen arno i'w gyfarch. Cododd yntau ei law arni. Aeth hi i eistedd ger y ffenest yn y dafarn wag. Tynnwyd Guinness i'r gŵr wrth y bar ac yfodd ohono'n feddylgar. Tynnodd Branwen ei ffôn o'i bag. Meddyliodd am ddeialu ond ni wnaeth. Ystyriodd fynd ar y we ond ni wnaeth. Rhoddodd ei ffôn yn ei ôl wedi ei ddiffodd. Ni sylwodd ar y gŵr yn ei gwylio yn y drych tu ôl i'r bar. Cyrhaeddodd y frechdan a'i choffi.

'How much do I owe?' meddai.

'That's OK. Compliments of Mr Loughlin.'

'Oh,' meddai Branwen ac amneidio ei diolch i'r gŵr. Cododd yntau ei beint a dod draw ati.

'And who might you be?' meddai yn lled fygythiol a'i acen yn dew. Roedd ei wyneb rhychiog a'i lygaid treiddgar yn edrych yn syth i'w hwyneb hithau.

'That's very forward, sir. You move right along in these parts, don't you?' atebodd Branwen, oedd ddim am gilio oddi wrth ymagwedd herfeiddiol y dieithryn. 'And who might you be?'

'My name is Brendan Loughlin, farmer of this parish,' meddai yn llawn rhodres. 'Your turn.'

'My name is Branwen Brân. Not of this parish.'

'I saw yous lookin' through the graveyard earlier. You paid particular attention to one of the graves.'

'Yes?'

'Mathew Loughlin.'

'Yes.'

'Are you from the papers, are yer?'

'No.'

'There's been a lot of interest in Mathew since he died. A lot of bad things have been said about him. So what's a nice Welsh girl like yous doin' here then?'

'Interest.'

'From Wales?'

'Yes. What's your connection to Mathew Loughlin?'

'He was my brother, and a good brother he was too. Loved his family. Loved his community. See that building over there? That's the community centre and library,' meddai Loughlin gan gyfeirio trwy'r ffenest at adeilad cyfagos. 'That wouldn't have been built if it wasn't for Mathew's money. Neither would the old people's bungalows over there. The Proddy council wouldn't have paid. This is a Catholic village.'

Barnodd Branwen nad doeth fyddai holi o ble daeth yr arian. Ni fyddai croeso i'r syniad mai trwy elw marchnata cyffuriau y'u hadeiladwyd. Roedd ymdeimlad o gymdeithas dan fygythiad yn parhau yn y pentref, a'i hewythr newydd yn ymgorfforiad o hynny.

'I'd like to see Siobhan Loughlin.'

'Not possible.'

'Why?'

'She's in a home.'

'Which one?'

'Craigavon. She's very old. Doesn't talk much.'

'She'll talk to me.' Roedd ymagwedd benderfynol Branwen yn ei lethu.

'Who the feck are yer?'

'I'll tell you who the "feck" I am after you take me to see your mother. Now can I eat my sandwich?' meddai Branwen, a brathu'n benderfynol ar ei brechdan.

'You're a tough lady, ain't yer?'

'Tough enough. Will you do it?'

'Suppose I'll have to.' Roedd ymagwedd y gŵr yn meddalu. Bu'r drafodaeth yn fodd i ddarganfod nad oedd gan Brendan yr un syniad am fodolaeth y ferch oedd gan ei frawd.

Pennod 3

Tua'r un adeg o'r bore ag yr oedd Branwen yn crwydro o amgylch y fynwent yn Clontarf, roedd y glaw wedi peidio yn y Berig a chafodd Arthur gyfle i fynd i'r lle y tybid y bu'r saethwr wrth ei waith. Cwrddodd â Steff mewn cilfan gyfagos. Sylwodd ar olion teiars eithaf ffres mewn pwll bychan o fwd. Tynnodd lun ohonynt ar ei ffôn. Cerddodd y ddau i lawr trwy gae ger y ffordd. Roedd y glaswellt yn dal yn wlyb. Chwiliodd am unrhyw arwydd o sathru yn y glaswellt cymharol hir a gedwid er mwyn darparu porfa aeaf i ddefaid. Ni welodd ddim byd amlwg. Cyrhaeddodd y ddau lecyn o frwyn a llwyn eithin sylweddol yn ei ganol.

'Dyma ble roedd o'n aros amdanat ti,' meddai Arthur, gan dynnu sylw Steff at y brwyn oedd yn wastad dan y berth.

'Bastard,' ebychodd Steff.

'Mi ddoist ti jest neis at waelod y graig iddo fo gael siot hawdd atat ti.'

'Bastard,' meddai Steff eto.

''Tae o wedi gadael stwmpyn sigarét neu rywbeth mi fyddai wedi bod o help,' ychwanegodd Arthur, wrth chwilota rhwng y rhedyn brownaidd. Ni ddarganfu ddim.

'Be allwn ni wneud?' holodd Steff.

'Ddim lot. Dim ond aros iddo fo drio eto.'

'Grêt.'

'Ti wedi ypsetio rhywun?' holodd Arthur.

'Sai'n meddwl. Mae'r Sanhedrin yn y lle hyn wedi bod am i mi werthu'r busnes iddyn nhw. Fi wedi gwrthod. So nhw tu ôl i hyn, y'n nhw?'

'Faswn i ddim yn meddwl. Dydy hyn ddim yn dda i'w busnes nhw chwaith. Ti wedi sôn wrth rywun?'

'Na.'

'Be am yr hogyn sy'n gweithio efo ti?'

'Ceri? Sai'n siŵr. Fe wedes i wrtho fe am gau ei ben.'

'Wnaeth o?'

'Sai'n siŵr,' meddai Steff a thinc o ansicrwydd yn ei lais. 'Pwy gythrel oedd e?'

'Yr unig beth wyddon ni ydy ei fod o'n gwybod sut i saethu a bod gwn ganddo fo. Glywest ti rywbeth?'

'Naddo.'

'A bod distewydd ar ei wn.'

'Beth?' holodd Steff.

'Silencer.'

'O.'

'Ry'n ni'n gwybod rhywbeth arall hefyd.'

'Beth?'

'Roedd o'n gwybod yn iawn ble i ddod, a'r ffordd i fynd oddi yma.'

'Rhywun lleol?' holodd Steff.

'Falle wir, falle wir. Doedd o ddim am frifo neb

chwaith. Roedd hwn yn gwybod yn iawn be oedd o'n ei wneud. Codi braw oedd y pwynt,' meddai Arthur yn feddylgar. 'Tamaid i aros pryd, falle. O,' ychwanegodd, 'a paid ti â sôn am hyn chwaith. Mi fyddi di'n gwneud yn ôl ei fwriad o,' meddai wedyn cyn troi am ei gar. Roedd tipyn o waith cerdded i fyny'r cae serth. Roedd eisoes wedi penderfynu na fyddai'n poeni Branwen â'r newyddion.

*　　*　　*

Roedd Arthur wedi hanner disgwyl galwad gan Branwen ond ni ddaeth un. Erbyn y prynhawn roedd hi wedi dilyn yr Honda yn ei char hi i gartref hen bobl Craigavon.

Roedd y cartref yn un moethus gyda gerddi sylweddol o amgylch adeilad eithaf modern a chyntedd cyffelyb i westy, gyda nyrs y tu ôl i'r cownter a drws diogelwch i fynd i mewn.

'Good afternoon, Mr Loughlin,' meddai'r nyrs wrth agor y drws iddynt.

'How's Ma today?'

'One of her quiet days today. She's in the lounge. She may perk up when she sees you. You have a guest with you, Mr Loughlin? Could you sign the book please, madam?' Arwyddodd Branwen y llyfr ar y ddesg ger y drws. 'That's an interesting name. Not local then?' meddai'r nyrs.

'Not exactly,' atebodd Branwen.

'Not too long, I suggest. She's very frail. Gets very tired now,' ychwanegodd y nyrs.

Roedd Brendan yn amlwg yn gyfarwydd â ble i fynd.

Roedd y lolfa yn eithaf mawr a theledu yn ei chornel. Nid oedd ond y llun ar y sgrin heb sain. Eisteddai chwech o bobl yn yr ystafell, pum menyw ac un dyn, pob un yn edrych ar y llawr heb un gair o'u genau. Cododd un fenyw ei phen a gwenu cyn gostwng ei phen eto, ond nid ati hi yr anelodd Brendan.

'This is Siobhan,' meddai. 'Hello Ma,' meddai wedyn wrth hen fenyw hynod o fusgrell oedd yn eistedd yn ei chadair uchel gyda'i phen yn isel. Roedd cryndod yn ei llaw. 'I've brought someone to see ya, Ma.'

Tynnodd Branwen stôl oedd wrth ochr y gadair ac eistedd o flaen Siobhan, yn ddigon isel iddi allu gweld ei hwyneb. Er mor wan oedd y corff roedd bywyd yn ei llygaid. Edrychodd Siobhan ar wyneb Branwen yn hir cyn amneidio'n grynedig ar Brendan i ymadael.

'I'll leave you ladies to it, then,' meddai Brendan a cherdded tua'r cyntedd. Siarad menywod oedd hyn i fod, meddyliodd. Gwyliodd Branwen ef yn mynd cyn troi at yr hen fenyw grynedig.

'I'm Mathew's daughter,' meddai. Nid oedd pwynt gohirio cyflwyno'r wybodaeth. 'You are my grandmother,' ychwanegodd. Nid oedd yn siŵr o grebwyll yr hen fenyw.

Cododd hithau ei phen ac edrych ym myw llygaid y fenyw ifanc landeg oedd o'i blaen. 'Branwen,' sibrydodd.

'You know about me then,' meddai Branwen.

Nodiodd Siobhan a thorrodd gwên ar ei hwyneb am ysbaid. Cododd law grynedig a'i gosod ar ben-glin Branwen. Gosododd Branwen ei llaw ar ben ei llaw hithau.

'Your father was a good man,' meddai Siobhan. Oedodd yn hir cyn parhau a throi ei golygon at y llawr eto. Ni ddywedodd Branwen air, dim ond aros. Cododd ei phen eto i siarad. 'Broke his heart in two when your mother left. Would have stayed a good man if she'd stayed.'

Bu eiliadau hir eto cyn i Branwen ofyn y cwestiwn. 'Who knew about me?'

'Only me, he told me everything.' Bu saib hir eto. 'He left for Liverpool soon after.'

Faint wyddai hon am fywyd ei mab? Anodd oedd dweud. 'I was with him when he died,' meddai Branwen.

'Good,' meddai'r hen fenyw. 'They don't tell me much.' Saib hir arall. 'Did he die a noble death?'

'Oh yes. His death was very noble.'

'He did a lot of bad things. But sometimes bad things have to happen.'

'Yes,' meddai Branwen.

'For good things to happen,' ychwanegodd Siobhan. 'You were one of the good things.'

Gwenodd Siobhan a syllu ar y llawr. Roedd hynny o wybodaeth am farwolaeth ei mab yn ddigon i'w bodloni. Byddai manylion pellach am y modd y rhoddodd Mathew'r grenâd i'w frest ar y Foel yn fanylyn rhy ysgytwol.

Ni wyddai Branwen beth oedd y teitl mwyaf addas i gyfarch ei mam-gu newydd, ond 'Thank you, Ma,' meddai, cyn rhoi cusan dyner ar ei boch. Arhosodd am bum munud hir cyn i'r hen wreigan dynnu ei llaw oddi ar ei glin. 'I'll leave you now,' meddai a chodi. Roedd meddwl Siobhan ymhell ond roedd deigryn yn ei llygad wrth iddi wylio Branwen yn cerdded at y cyntedd. Roedd dagrau'n cronni yn llygaid Branwen hefyd.

Nid oedd sôn am Brendan yn yr adeilad, felly diolchodd i'r nyrs a chamu i'r awyr agored a'r glaw mân yn dechrau disgyn.

*   *   *

'*Chi gartre?*' oedd y neges destun ddaeth i ffôn Arthur wedi iddo ffarwelio â Steffan.

'*Mewn hanner awr?*' ymatebodd Arthur.

Erbyn iddo gyrraedd ei garafán, roedd Price yn aros amdano.

'Galwad gwaith neu alwad cymdeithasol?' holodd Arthur.

'Cymdeithasol, Syr,' atebodd y cwnstabl ifanc yn ei lifrai seiclo. 'Dishgled?'

'Iawn. Ti byth jest yn gymdeithasol, Price,' atebodd Arthur. Nid oedd y ddau wedi cyfarfod ers noson y gyflafan ar y Foel ond roedd ei lifrai seiclo yn atgof trawiadol o hynny. Roedd llawer i'w drafod.

'Dy fam yn iawn?' holodd Arthur wrth lenwi'r tegell.

'Iawn.'

'Ti'n iawn?' holodd wedyn.

'Iawn. Chi'n iawn?'

'Weddol. Yr hen fegin yn chwarae'r diawl weithiau, ond dw i'n OK. Reit, dyna ddigon o siarad am iechyd. Be 'di'r sgôr efo'r corff yn y wal?'

'Ddim lot. Pawb am wthio'r cyfan dan y carped, gan gynnwys y ffôrs yn lleol. Mae yna ddatganiad fydd yn mynd i'r wasg yn sôn efallai taw Michael O'Callahan oedd e, un o *enforcers* Lerpwl, un o'u dihirod penna nhw. Dim sicrwydd tan iddyn nhw gael canlyniadau'r profion. Sôn wedyn am ffrwgwd rhwng gangiau. Ma' fe'n dipyn o ddirgelwch sut digwyddodd e gael ei gladdu mewn concrid yn y Berig.'

'Mi wyddon ni,' meddai Arthur. 'Ydyn ni'n dweud?' holodd wedyn.

'Sai'n credu. I beth?' meddai Price. 'Dyna beth ddwedodd Stanley. Maen nhw'n gobeithio na fydd rhyw newyddiadurwr craff yn chwilota gormod ac y caiff y cyfan fynd i abergofiant. Mae tipyn o glowt gan yr Osian *chap* 'na. Am gadw'r caead yn dynn ar y cyfan.'

'Ia, fo ydy'r pen pastwn newydd. Tipyn o wis. Yn atebol i neb ond Branwen. Fydd o ddim am weld dim byd yn ypsetio'r cyfranddalwyr. Mae 'na lot o bobol barchus y fro, gan gynnwys bois yr heddlu, heb sôn am y gweddill o bedwar ban, sy wedi buddsoddi'n helaeth yn y nirfana fach yna ger y lli.'

'Y byddigions i gyd, sbo.'

'Mae gen i broblem fach arall y gallet ti fod o help efo hi.'

'Ie?'

'Rhywbeth go sinistr, rhywun wedi bod yn saethu at gwch yn y bae.'

'Nytar?'

'Dw i ddim yn siŵr, ond dw i'n amau mai rhywun lleol oedd o.'

'Chi wedi dweud wrth yr heddlu, sbo?'

'Naddo, jest ti. Ti'n heddlu, mwy neu lai, on'd wyt ti?

Does dim byd allen nhw'i wneud a does dim pwynt codi bwganod tan i rywbeth arall ddigwydd, a fase Osian pen pastwn, na Branwen o ran hynny, ddim am i ddim byd droi'r drol â chyhoeddusrwydd drwg.'

'Be alla i ei wneud?'

'Ti'n cofio'r ddolen gyswllt roiest ti i mi wedi i chi hacio i mewn i system seciwriti'r Berig i mi weld trwy eu camerâu nhw?'

'Ydw, wrth gwrs.'

'Wel, ydy'r ddolen yno o hyd?'

'Sai'n siŵr. Ble mae'ch cyfrifiadur chi?

'Fan acw,' meddai Arthur a chyfeirio at y ddesg yng nghornel bella'r garafán.

Eisteddodd Price o flaen y peiriant. Dechreuodd ei fysedd ddawnsio dros y bysellfwrdd yn ddeheuig ac o fewn eiliadau roedd llun byw o bromenâd y Berig i'w weld yn blaen ar y sgrin. 'Voilà,' meddai Price yn orchestol cyn closio eto at y ddewislen.

'Clefar clogs,' meddai Arthur yn ddilornus.

'Un broblem,' ychwanegodd Price. 'Fydd dim dewis ganddoch chi y tro hyn i weld beth chi moyn.'

'Be ti'n feddwl?'

'Gweld beth mae Carwyn yn edrych arno fe yn ei dŷ fyddwch chi.'

'O. Ddim mor clefar clogs felly.'

'Gorau alla i ei wneud, sori.'

'Rhaid iddo wneud y tro.'

'Mae'r cyfrinair i'r system lawn wedi newid, o beth wela i. Ond cliciwch ar y ddolen yma dw i wedi ei rhoi ar y brif sgrin i chi ac fe fyddwch chi'n syth i mewn. Unrhyw beth arall?'

'Dyma beth maen nhw'n ei weld yn y swyddfa seciwriti?'

'Na, sai'n credu 'ny. Mae fe ar lŵp wahanol. Jest beth mae Carwyn yn ei weld. So fe'n rhy compos mentis, glywes i.'

'Nac ydy, ond rhaid i hyn wneud am y tro.'

'Cadwch ni yn y pictiwr, cofiwch.'

'Mi ydw i bob amser.'

'Ie, ie, ie,' atebodd Price yn goeglyd, ond roedd Arthur wedi ei fodloni, a gwenodd.

* * *

Erbyn i Branwen adael y cartref, roedd y ffurfafen yn tywyllu a'r glaw mân yn troi yn law mwy sylweddol. Roedd hi'n bwriadu dal y fferi yn ôl i Gaergybi y bore wedyn, a threiglodd yn araf drwy'r lonydd a'r pyllau dŵr yn ôl i Lurgan a'i meddwl yn gorlifo fel y ffosydd bob ochr i'r ffordd. Erbyn iddi gyrraedd maes parcio'r gwesty roedd hi'n dal i arllwys y glaw ac yn dechrau nosi. Eisteddodd yn y car am gyfnod hir i bendroni, a'r diferion yn tasgu ar fonet y cerbyd. Dechreuodd feichio crio. Bu'n igian am rai munudau.

Gostegodd y glaw yn raddol a gyda'r gosteg, gostegodd hithau a chodi ei phen cyn tynnu drych bychan o'i bag a chynnau golau mewnol y car. Edrychodd arni ei hun yn y drych. 'Branwen wyt ti, a Branwen fyddi di beth bynnag fo dy linach di. *Get used to it*, ferch,' meddai, cyn ymestyn i'w bag eto am ei cholur. Cymonodd ei hwyneb a chymryd anadl ddofn cyn codi i redeg trwy'r glaw, oedd yn arllwys eto, at ddrws cefn y gwesty yn y maes parcio. Roedd y gŵr ifanc wrth ei ddesg yn y dderbynfa.

'Good Irish rain, madam. Good for the complexion,' meddai'n hwyliog. Gwenodd Branwen yn gwrtais arno ar ei ffordd i'r lifft. Nid oedd hi am gael sgwrs. 'Dinner tonight?' holodd.

'Yes, please,' atebodd Branwen cyn i ddrws y lifft gau.

Nid oedd ond dau gwpwl arall yn bwyta y noson honno. Mwynhaodd Branwen ei phryd. Dewisodd gael potel o win gwyn gyda'r pysgodyn a drachtiodd yn helaeth o'r gwydr wedi iddi orffen.

'Dessert, madam?' holodd y gŵr ifanc yn ei rôl fel gweinydd.

'No thank you, just coffee.'

'Would you like to take it in the lounge, madam? There's someone there to see you.'

'Who, me?'

'Yes, madam.'

'But nobody knows I'm here,' atebodd Branwen a syndod yn ei llais.

Cododd y gŵr ifanc ei ysgwyddau i gyfleu anwybodaeth. 'The lounge is it, then?' holodd.

'I suppose so,' meddai, a chodi a mynd i gyfeiriad y lolfa oedd yr ochr arall i'r dderbynfa. Agorodd y drws a chamu i mewn.

'What on earth?' ebychodd wrth weld y rhesaid o ryw ddeuddeg o bobl yn eu dillad Sul yn sefyll yn unionsyth o'i blaen, rhai'n hen, eraill yn ifanc, a Brendan Loughlin yn biler yn y canol.

'Thought you should meet the family,' meddai Brendan.

'Thought you didn't know,' meddai Branwen gan eistedd yn syfrdan yn un o gadeiriau'r lolfa.

'I didn't,' atebodd Brendan. 'Suspected but didn't know. Ma told me after you left.'

'Oh,' meddai Branwen yn gegrwth.

'There's a few more of us over the water but they couldn't come.'

'Oh,' meddai Branwen eto.

'This is Donal,' meddai Brendan wrth i fachgen rhyw bymtheg mlwydd oed gamu ymlaen yn hynod swyddogol fel petai am gyfarch tywysoges. 'He'll be your nephew.' Ysgydwodd Branwen ei law, cyn ysgwyd dwylo pob un o'r teulu yn eu tro yn foneddigaidd.

'Welcome to the family,' meddai Brendan ar ddiwedd y cyflwyno seremonïol. 'Remember, we're here for you. You only have to ask. There's a lot more of us who aren't here. A bit more than meets the eye, you could say. We have our ways and means,' meddai Brendan ag arwyddocâd ym mhob sillaf.

Ni allai Branwen ymateb, dim ond llyncu'n ddwfn a dagrau'n cronni yn ei llygaid.

'Right, to the bar, I think, there's a lot of catching up to do,' meddai Brendan yn hawddgar i dorri'r ffurfioldeb.

* * *

Doedd y berthynas â 'phobl y castell' fel y galwai Arthur y teulu Ap Brân ddim wedi bod yn un agos, ond roedd yn agosach nag y bu ers iddi ddod yn amlycach ei fod e'n berson o sylwedd ym mywyd Branwen. Galwai Branwen yno yn ddyddiol i weld Carwyn ei brawd. Roedd Arthur wedi addo galw heibio yn ei habsenoldeb. Felly, tra oedd hi'n cwrdd â'i theulu newydd, roedd Arthur am alw heibio'r 'castell' yn ôl ei addewid. Wrth adael y maes carafannau lle trigai yn y Rhewl, datglodd ei flwch post wrth y gât. Dyna'r man pellaf y gallai'r postmon ddod gan nad oedd tyllau postio i'r carafannau. Cymerodd y llythyrau, sawl un ohonynt gan rai oedd am werthu rhywbeth iddo, a'u taflu'n ddiseremoni ar y sedd wrth ei ochr yn y car a mynd ar ei hynt. Nid oedd yn edrych ymlaen at y gorchwyl.

Wedi cyrraedd y tŷ moethus, oedd fel rhyw gastell ar fryn yn goruchwylio tref fach y Berig, cwrddwyd ag ef wrth ddrws y tŷ gan Ethni, merch ifanc mewn gwisg nyrsio. Doedd hi ddim yn arbennig o bert ond roedd rhywbeth deniadol o nwydus yn perthyn iddi. Roedd hi'n aelod newydd o'r tîm oedd yn gofalu am Carwyn a hebryngodd Arthur i'r ystafell wydr helaeth lle bu Gruffudd, tad y teulu, yn glaf un tro. Doedd hi ddim yn ferch leol, ond daeth gyda chymeradwyaeth neb llai na'r gweinidog a'i disgrifiodd fel un o bileri'r ffydd yn y capel.

'Arthur yma i'ch gweld chi,' meddai hi wrth y drws i ystafell Carwyn.

Nid oedd ymateb gan y person torcalonnus, eiddil a eisteddai mewn cadair olwyn drydan yng nghornel yr ystafell. Parhau i edrych trwy'r ffenest a wnâi gan slefrian ryw ychydig i lawr ei ên. Roedd y sgriniau bychain ar y wal wrth ei ochr yn arddangos amryw olygfeydd o'r Berig, ac roedd un sgrin fwy lle gellid canolbwyntio ar un olygfa drwy chwyddo un o'r lluniau llai. Roedd yr un llun ag a welodd Arthur ar ei gyfrifiadur ef yn gynharach i'w weld ar y sgrin fwy hon. Gallai weld golygfa eithaf glawog y promenâd yng ngolau'r lampau. Doedd neb i'w weld yn cerdded erbyn hyn.

'Branwen wedi gofyn i mi alw. Gwneud yn siŵr bod ti'n iawn, math o beth.' Gwaredodd at ei sylw, oedd yn cyfleu diffyg argyhoeddiad ym mhob sillaf. Roedd y 'ti' yn teimlo'n llai ffurfiol ac yn fwy addas i un yn ei gyflwr ef.

Ni ddaeth ymateb gan Carwyn.

'Gadewch i mi sychu hwnna,' meddai Ethni a chamu ymlaen i lanhau'r poer oddi ar ei ên. 'Fe adawa i i chi gael siarad,' meddai cyn ymadael. 'Mi fydda i yn fy stafell, drws nesa,' a chiliodd i'r ystafell bwrpasol oedd â gwely iddi allu cysgu tra oedd ar ei shifft nos.

Grêt, meddyliodd Arthur. Roedd yr ymgom yn mynd i fod yn un lafurus.

Os oedd Gerwyn ei frawd yn gyhyrau i gyd, Carwyn fu'r ymennydd, yr arweinydd a'r trefnydd deheuig yn sgil gwaeledd a marwolaeth ei dad. Roedd ganddo raddau mewn cemeg a fferylliaeth a diddordeb mewn athroniaeth ac economeg hefyd, ac ef oedd ceidwad fferyllfa'r dref. Ef oedd y llusern greadigol a ddaeth â naws ddiwylliannol unigryw i'r dref gyda'i hoffter o'r celfyddydau, boed y rheini'n rhai cain neu'n fwy torfol eu hapêl. Cynhaliwyd cyngherddau clasurol yn eglwys y plwyf, gigs awyr agored i grwpiau roc yng Ngŵyl y Gwanwyn, ac roedd perfformwyr di-ri yn arddangos eu doniau yn nhafarnau'r dref a'r cyfan yn ddigyfaddawd Gymraeg, rhywbeth a blesiodd ei dad Gruffudd yn fawr. Bu'n fwriad ganddo adeiladu amffitheatr awyr agored bwrpasol ar y promenâd ond oherwydd ei gyflwr fe drengodd y prosiect hwnnw, er bod y twristiaid a'u harian yn dal i dyrru i'r Berig bob haf. Y naws hon fu'n fodd hefyd i ddenu cymaint o gwmnïau i ymgartrefu yn y dref a denu to ifanc o weithwyr brwdfrydig i'w canlyn, oedd yn hapus i fyw yn y gornel ffyniannus, Gymraeg hon. Nid oedd ganddynt broblemau morgais na *wi-fi* nac ynni nac ysgol a gofal i'w plant, a gallent ganolbwyntio ar eu swyddogaethau creadigol, dim ond iddynt sicrhau eu bod yn talu eu rhent yn fisol ac yn brydlon. Gwyddai Arthur am ochr arall ei gymeriad, a fu'n gyfrifol am dranc sawl un gan gynnwys y corff a ddarganfuwyd yn y wal. Nid oedd neb i fod yn fygythiad i'r ardd a etifeddodd gan ei dad. Ni wyddai a oedd Carwyn yn ymwybodol o'i wybodaeth ai peidio, gwybodaeth oedd yn golygu mai cymysg oedd teimladau Arthur tuag ato ef a'i gyflwr truenus.

'Branwen i ffwrdd am gwpwl o ddyddiau,' ychwanegodd. 'Ddim yn gwneud dim drwg iddi gael brêc.' Ni allai feddwl am ddim amgenach i'w ddweud. Nid oedd am ddweud i ble yr aeth na pham. Nid oedd ymateb gan Carwyn.

'Meddwl oeddwn i,' aeth Arthur yn ei flaen, 'welaist

ti rywbeth od ar y sgriniau 'ma echdoe? Rhywun wedi saethu at y *Fôr-forwyn* o'r clogwyn. Roedd rhaid iddi ddod yn ôl i'r harbwr yn eitha siarp. Neb wedi brifo a phawb yn ddiogel, diolch byth.'

Daeth rhyw sŵn o enau Carwyn, a dechreuodd siglo yn ôl ac ymlaen ryw ychydig yn ei gadair a slefrian unwaith eto. Roedd hi'n amlwg mai ofer oedd gofyn.

Daeth Ethni o'r cefndir yn rhywle. 'Dyna ni, Carwyn, gadewch i mi sychu hwnna. Rhywun arall yma i'ch gweld chi, Mr Jenkins y gweinidog. Lot o ymwelwyr heddi,' meddai fel petai'n siarad ag ynfytyn chwech oed.

Trodd Arthur i weld y Parchedig Mansel Jenkins yn llenwi'r drws, gŵr canol oed golygus, carismataidd gyda llond pen o wallt tonnog wedi ei gribo'n ofalus, a'i wisg yn drwsiadus a modern. Ni wisgai goler gron. Gwelai Arthur fod ei lygaid yn pefrio â thân yr Efengyl, neu rywbeth, ac roedd yn un yr oedd ei bresenoldeb yn llenwi pob ystafell. Bu unwaith yn gaplan yn y fyddin cyn derbyn yr alwad i ddod i gapel Moreia y Berig, ac roedd ei osgo filitaraidd yn amlwg o hyd. Yn sgil ei frwdfrydedd efengylaidd roedd bywyd newydd, tanllyd wedi dod i'r oedfaon, a heidiai llawer yno i glywed perlau ei ddoethinebu barddonol o'r pulpud. Doedd Arthur ddim yn un o'i edmygwyr pennaf, yn wahanol i Ethni oedd yn arddangos dirfawr barch tuag at y gŵr trawiadol hwn.

'Dewch i mewn,' meddai Ethni. 'Chi'n adnabod Mr Goss?'

'Mae'n llwybrau wedi cyfarfod sawl gwaith,' meddai'r gweinidog ac estyn ei law at Arthur.

Derbyniodd Arthur law'r gweinidog. 'Mae'n dda nad

croesi wnaethon nhw,' meddai â gwên. Roedd hwn yn ysgwydwr llaw pendant dros ben, meddyliodd.

Ni ddeallai'r gweinidog arwyddocâd y sylw. 'Sut mae Carwyn heddi, Ethni?' gofynnodd. 'Mae Ethni'n un o'n selogion ifanc mwyaf brwd yn y capel, Mr Goss.'

Gwenodd Ethni, gan ymhyfrydu yn y ganmoliaeth. 'Dipyn yn isel heddi,' meddai, 'on'd y'ch chi, Carwyn?'

Nid adweithiodd yr un oedd yn destun eu sgwrs, dim ond eistedd a siglo ryw ychydig yn ei gadair drydan. Roedd ei lygaid ymhell a slefriodd ychydig mwy o'i enau. Camodd Ethni ato eto i roi sylw iddo.

'Ar fin mynd oeddwn i,' meddai Arthur. 'Fe gewch chi heddwch efo Carwyn wedyn.'

'Chi am ymuno â ni mewn gweddi fechan?' holodd y gweinidog.

'Na, ddim heno, ond daliwch chi ati, peidiwch poeni amdana i,' meddai Arthur, yn ceisio dianc rhag y gwahoddiad mor ddiplomataidd â phosib.

'Tyrd aton ni, Ethni,' meddai'r gweinidog, a chamodd hithau ymlaen yn ufudd.

Wrth adael yr ystafell, gwelodd y ddau'n cydio yn nwylo Carwyn, un ym mhob llaw, gan sefyll mewn cylch. Caeodd y gweinidog ei lygaid yn barod i godi stêm ar gyfer ei weddi. Nid oedd Arthur am wrando a dihangodd. Cododd Carwyn ei ben a throi ei lygaid i'w wylio'n ymadael am eiliad yn ystod y weddi. Oedd crebwyll yn yr edrychiad truenus? Anodd oedd dweud.

Wrth ymadael cododd Arthur law ar Iori, oedd yn brysur yn llifio coed yn un o'r adeiladau allanol. Cododd yntau ei law cyn troi yn ôl at ei orchwyl.

Wedi gorffen y weddi, ymadawodd Ethni. 'Fe fydda i yn fy stafell os chi moyn fi,' meddai.

Fu'r gweinidog fawr o dro gyda Carwyn. Wedi'r cwbwl, roedd ymweliad ac ymgom yn llafurus hyd yn oed i rywun mor barablus â Mansel Jenkins. Ymweliadau byr ac aml oedd orau yn ei dyb ef. Roedd ei ymweliadau wedi dod yn amlach ers i Ethni ddechrau ar ei gwaith.

Roedd drws ei hystafell ar agor. Roedd hi'n eistedd ar y gwely a dechreuodd godi, ond mynnodd Mansel ei bod yn eistedd. 'Bendith arnat ti, ferch,' meddai. 'Bendith, bendith,' ychwanegodd, a rhoi ei law ar ei phen tra safai o'i blaen. 'Mae dy waith yn galed a'th bwn yn drwm.' Gwasgodd ei phen i'w fol. 'Ydy'r tân yn dal ynot ti, y tân yn dy frest?' holodd, ac edrych i lawr arni a symud ei law o'i phen i fwytho'i hysgwyddau.

Trodd hithau ei llygaid arno yntau. 'O ydy, Mansel, mae'r tân yn boeth heno.' Gwyddai nad hi oedd yr unig un ond roedd e ganddi hi am nawr, o leiaf.

'Wyt ti am i mi ddofi'r tân yna?' meddai yntau gan symud ei ddwylo tua botymau ei gwisg i arddangos noethni ei bronnau. 'Rwyt ti'n barod felly,' meddai wrth nodi nad oedd dillad isaf amdani.

'Ydw,' meddai hi.

'Well i mi gau'r drws?'

'So Carwyn yn deall na'n clywed na'n malio, greda i.'

Roedd y griddfan a'r ochneidio yn eglur i'r claf wedyn, wrth i'r gweinidog brocio'r tân.

Ar ôl cyrraedd yn ôl i'r garafán, trodd Arthur ei sylw at ei bost. Wedi camu trwy'r drws taflodd bob darn papur yn ei dro i fin sbwriel ar gyfer papurau. Synnai sut y bu i gwmnïau ei ddarganfod ers iddo symud i'r garafán – derbyniai doreth o bost hysbysebu. Roedd un llythyr yng nghanol y papurach. Edrychodd ar yr amlen cyn ei hagor wrth roi'r tegell i ferwi. Amlen bersonol oedd hon, yn hytrach nag un ffurfiol a'i enw a'i gyfeiriad wedi eu teipio arni. Roedd y stamp yn un dosbarth cyntaf a'r amlen wedi ei selio. Rhoddodd feiro yn ei chornel i rwygo'i phen.

Nid oedd ond un darn o bapur A4 wedi ei blygu yn yr amlen. Wrth iddo'i agor cwympodd pluen fechan ddu i'r llawr. Nid oedd ond y geiriau

ADAR RHIANNON 1

ar y papur. Plygodd Arthur i godi'r bluen o'r llawr, a'i gosod yn ofalus yn ôl ym mhlygiadau'r papur ac wedyn yn ôl yn yr amlen. Gosododd yr amlen wedyn ar ei fwrdd coffi. Gallai eistedd i bendroni wrth fwynhau ei gwpanaid.

Yn nes ymlaen y noson honno, trodd Arthur ei gyfrifiadur ymlaen ac agor y drws cefn at gamerâu y Berig. Roedd llun newydd i'w weld. Golygfa o'r harbwr y tro hwn. Roedd y llanw ar ei ffordd i mewn, tybiai Arthur. Nid oedd neb i'w weld. Roedd digon o grebwyll gan Carwyn i newid ei olygfa, o leiaf, meddyliodd.

Pennod 4

Diwrnod go ddi-ddim gafodd Arthur drannoeth: tipyn o siopa, gorffen croesair, edrych drwy'r papurau newydd. Ni ddaeth galwad oddi wrth Branwen. Ni chysylltodd ef â hithau chwaith. Byddai'n rhaid iddo fod wedi sôn am yr ymosodiad ar gwch Steffan a'r corff yn y wal. Byddai hynny wedi tarfu ar ei phererindod, er y tybiai y dylai hi fod wedi dychwelyd neu fod ar ei ffordd adref erbyn hyn.

Edrychodd ar y llun o gamerâu y Berig ar ei gyfrifiadur ambell waith, ond yr un oedd y llun bob tro – yr harbwr ac ambell gerddwr a'i gi. Diffoddodd y cyfrifiadur wedi iddi nosi a'r llun yn tywyllu. Ni allai weld heibio i lewych goleuadau'r promenâd.

Fin nos, cyrhaeddodd Branwen yn ôl o'i phererindod. Gan iddi fynnu cael heddwch am gyfnod gan adael gorchymyn mai dim ond mewn achos o wir argyfwng y dylid tarfu arni, nid oedd neges ar ei pheiriant ateb, dim ond nifer o lythyrau ar fwrdd y gegin a adawyd gan Margaret y forwyn. Roedd Margaret wedi dod i weithio iddi yn y tŷ ers i Branwen drosglwyddo ei chyfrifoldeb am y ganolfan arddio. Roedd materion mwy dyrys gan

Branwen bellach yn sgil gwaeledd ei brawd. Ystyriai Margaret ei hun yn gyfaill, ac ymhyfrydai yn ei rôl fel rhyw fath o ddolen gyswllt â'r byd go iawn i'w meistres ers iddi symud o'r ganolfan i'w gwaith newydd. Roedd Arthur yn ffefryn mawr ganddi, a hithau'n ymhyfrydu hefyd yn y ffaith iddi fod yn gyfrwng i ddod â Branwen ac yntau yn ôl at ei gilydd un tro. Roedd hi wedi paratoi bwyd ar ei chyfer a gadael nodyn:

'Bwyd yn y micro, Marg.'

Gwenodd Branwen, agor y drws y 'micro' a gweld y *spaghetti bolognese* yn eistedd yno. Gallai agor potel o win i fynd gydag ef yn nes ymlaen.

Ystyriodd ffonio'r swyddfa ond ni wnaeth. Roedd byd bach y Berig wedi goroesi hebddi. Gallai oroesi damaid yn hwy. Roedd Osian wrth y llyw. Ystyriodd ffonio Arthur. Ni wnaeth hynny chwaith. Roedd ei hunigedd yn falm am y tro. Gallai droi at y ceffylau yn y stablau am gwmni a gweld a oedd Iori, oedd bellach yn gyflogedig ganddi fel ostler rhan-amser, wedi cyflawni ei ddyletswyddau yn ôl y galw. Teimlai Branwen ddyletswydd tuag ato wedi marwolaeth ei brawd Gerwyn. Bu Iori'n ffyddlon iawn iddo. Teimlai y dylai hithau barhau â'r un ffyddlondeb. Câi Iori gyflog pellach o ddyletswyddau o amgylch tŷ Carwyn. Os oedd peintio neu drwsio i'w wneud, Iori a gâi'r gwaith. Ni ddôi Iori byth i mewn i gartref Branwen. Gwell oedd ganddo gymryd unrhyw gwpanaid a gynigid iddo yn ôl at gwmni'r ceffylau. Nid oedd pwysau arno i sgwrsio yno. Doedd ymgom ddim yn ei natur. I sawl un roedd maint a golwg Iori'n fygythiad herfeiddiol, ond gyda Branwen roedd yn oenig dof, dirwgnach. Roedd bellach wedi hen fynd adref i fyw gyda'i fam. Roedd yn ofalwr cyson iddi yn ei hafiechyd.

Y bore wedyn, nid oedd Branwen wedi bwriadu mynd i'r swyddfa, dim ond eistedd o flaen ei chyfrifiadur i baratoi ei hanerchiad ar gyfer y buddsoddwyr yn y gynhadledd ddiwedd yr wythnos ganlynol, ond daeth galwad oddi wrth Osian.

'Ddim yn siŵr oeddech chi gartre,' meddai. 'Rhywbeth angen sylw, mae gen i ofn.'

'O.'

'Rhywbeth wedi digwydd i'r cychod yn yr harbwr.'

'Beth?'

'Maen nhw'n eistedd a'u trwynau yn y dŵr, bron suddo ar ôl i'r llanw ddod i mewn bore 'ma.'

'Faint?'

'Bron bob un. Mae'r cychod pysgota fel petaen nhw'n iawn.'

'Fydda i lawr nawr. Ti wedi ffonio Arthur?'

'Na, ddim eto.'

'Wel gwna,' meddai hi'n bendant, rhoi'r ffôn i lawr a brysio i ymolchi a gwisgo.

Erbyn iddi gyrraedd wal yr harbwr gydag Osian ynghyd â thorf fechan o drigolion y dref, roedd Arthur yno eisoes. 'Blydi hel, ti'n gyflym!' meddai hi.

'Mae'r *bush telegraph* yn gweithio'n gynt na ffôn Osian. Pan ges i'r neges roeddwn i yma'n barod. Trip da?' holodd, gan edrych ar y difrod o'i flaen.

'Oedd. Reit, beth gythrel sy wedi digwydd 'ma?'

'Ddim yn siŵr eto. Mi fydd yn rhaid i ni aros i'r llanw fynd allan.'

Mae harbwr y Berig yn ddibynnol ar y llanw. Pan mae'r llanw i mewn mae'r olygfa yn wledd o gychod lliwgar ar y dŵr. Pan mae allan maen nhw i gyd, heblaw am yr ychydig gychod pysgota yn y sianel ddyfnach tua chanol yr harbwr, yn eistedd ar y cymysgedd o dywod a cherrig sydd ar wely ceg afon Igwy. Rhaid felly fod corff cwch yn wastad neu fod ganddo gilbren dwbwl i allu sefyll ar dir sych wrth ei angorfa. Doedd yr olygfa heddiw ddim mor hardd, gyda thua ugain o gychod a'r tonnau'n codi ymhell dros fwrdd pob un.

'Nid damwain yw hyn,' meddai Osian. Nid oedd emosiwn yn ei wyneb ond roedd dicter ym mhob sillaf.

'Synnwn i ddim,' oedd unig sylw Arthur.

'Grêt, jest grêt cyn cyfarfod y buddsoddwyr,' meddai Branwen. 'Blydi grêt.'

Galwodd Osian un o'i is-swyddogion ato. 'Dw i am i bob un o'r cychod fod ar dir sych cyn i'r llanw nesa ddod i mewn. Dw i am i bob tractor yn y fro ddod allan i helpu. Rhowch nhw i gyd ar y cae fan acw,' meddai gan gyfeirio at gae'r ysgol gynradd gerllaw. 'Fe ga i air â'r prifathro.'

'Chi am i mi gysylltu â'r perchnogion?' holodd yr is-swyddog.

'Na, ddim eto, er, dw i'n siŵr bydd y *bush telegraph* wedi gweithio'n go dda erbyn hyn,' meddai Osian gan droi ei olwg at Arthur.

'Beth am yr heddlu?'

'Paid ffonio nhw chwaith, ddim tan i ni weld yn iawn

beth sy wedi digwydd, a wyddon ni ddim mo hynny tan i'r llanw fynd mas.'

'Iawn,' meddai'r is-swyddog, cyn troi at is-is-swyddog a cherdded tua'r swyddfa i drefnu'r cyfan.

Roedd y gwaith o achub y cychod rhag ail lid y llanw yn mynd yn ei flaen yn effeithlon a'r cychod yn dod fesul un i dir sych cae'r ysgol. Cerddodd Arthur gyda Steffan a'i arbenigedd morwrol o un i un yn archwilio pob cwch yn ei dro. Steffan fu ei ddolen gyswllt at y *bush telegraph*.

'Yr un bastard fu'n saethu ata i wnaeth hyn i gyd?' holodd Steffan.

'Synnwn i ddim,' meddai Arthur gan edrych ar y twll crwn perffaith oedd yng nghorff pob cwch, yn ddigon mawr i alluogi dŵr i lifo i mewn.

'Byddai morthwyl a chŷn go fawr yn gwneud hyn yn ddigon hawdd,' meddai Steffan. 'Bastard!' ebychodd wedyn.

'Mwy nag un bastard?' holodd Arthur.

'Sai'n siŵr. Un wac a dyna ni a mynd o un i'r llall, wac, wac, wac, îsi pîsi, a gadael i'r llanw wneud y gweddill,' meddai Steffan. 'Bastards,' ychwanegodd wedyn. 'Gobeithio bod bois yr insiwrans yn folon talu am hyn i gyd.' Cerddodd y gŵr ifanc o gwch i gwch gan ysgwyd ei ben. 'Pam, dyna fi moyn gwybod. Pam? Beth oedd y pwynt?'

'Mi fydd yna bwynt,' meddai Arthur yn feddylgar, 'jest ein bod ni ddim yn gwybod be ydy o eto. Ond mi ddaw. Mi ddaw.' Trodd i gyfeiriad y swyddfa lle byddai'r awyr yn boeth.

Fyddai hwyliau Branwen ddim yn dda. Gwyddai Arthur hynny. Yn ei habsenoldeb bu digwyddiadau lu na wyddai amdanynt. Ni wyddai Arthur a glywsai hi am helyntion Steffan a'i gwch, ond roedd sïon y dref wedi cyrraedd clustiau Osian ac roedd yr wybodaeth amdano ef a'r corff yn y wal wedi ei rhannu â hi.

'Pam gythrel ddwedest ti ddim am hyn i gyd ar y ffôn?' gofynnodd i Arthur pan gyrhaeddodd yntau'r ystafell.

'Roedd pethau pwysig gen ti i'w gwneud,' meddai Arthur yn dawel. 'Fi ddwedodd wrth Osian am beidio â chysylltu, cyn i ti roi pryd o dafod iddo fo hefyd,' ychwanegodd. Tawelodd Branwen rywfaint ond dim ond ffrwtian yr oedd hi. Tybiai Arthur fod ffrwydrad i ddod. 'Ti wedi cysylltu â'r heddlu, Osian?' holodd.

'Do. Maen nhw ar eu ffordd,' atebodd Osian, wrth weld nifer o geir yr heddlu yn dynesu drwy'r ffenest.

'Wna i ddim aros, 'te. Gadael y gwaith i'r proffesionals sy orau. Blydi hel! Doug Ellis,' meddai wrth wylio un o'r garfan yn camu o gar gyferbyn â'r ffenest. 'Pob lwc,' meddai'n ddilornus ac ymadael. Gallai wynebu llid Branwen ar adeg lai cyhoeddus, meddyliodd.

Casglodd ei bost ar y ffordd i mewn i'r maes carafannau. Nid oedd ond un bil yn ei flwch. Rhy gynnar, meddyliodd.

Disgwyliodd am alwad oddi wrth Branwen. Ni ddaeth un.

Trodd ei gyfrifiadur ymlaen a chysylltu â'i ddolen gudd a chamerâu y Berig. Yr un oedd y llun â'r tro diwethaf, ond gyda'r heddlu'n symud yn ôl ac ymlaen ar hyd wal yr harbwr fel y tynnid pob cwch yn ei dro oddi ar y tywod. Ni wyddai Arthur ai dim ond lluniau'n symud a welai Carwyn neu a oedd ganddo wir ddealltwriaeth o'r hyn oedd yn digwydd ar y sgrin.

Erbyn chwech o'r gloch y noson honno, roedd yr hanes am y cychod wedi bwrw nid yn unig newyddion Cymru ond hefyd newyddion Prydain gyfan. Jest y peth i godi calon Branwen, meddyliodd. Doedd y pennawd 'Welsh Town Blighted by Mystery Saboteur' yn ddim help i leddfu pryderon trigolion y Berig chwaith. Bu sawl un yn recordio'r achlysur ac roedd un fersiwn arbennig o broffesiynol yr olwg wedi llwyddo i gyrraedd Wales Online, Facebook a newyddion y teledu. Cafwyd sawl cyfweliad eithaf emosiynol gan sawl perchennog cwch a thrigolion yr ardal, gyda'r tractorau'n llusgo'r cychod o'r harbwr, oedd bellach yn sych, yn gefndir iddynt. Cafwyd cyfweliad stoc digon prennaidd â Doug Ellis wedyn ar ran yr heddlu yn dweud ei bod hi'n rhy gynnar i roi barn ar beth, pam na phwy oedd yn gyfrifol, a bod ymchwiliadau'r heddlu yn parhau.

'Ti wedi gweld y newyddion?' gofynnodd Arthur i Price dros y ffôn.

'Do,' daeth yr ateb.

'Be ti'n feddwl?'

'Diddorol!'

'Blydi sbwci os ti'n gofyn i mi.'

'Ydy.'

'Ti'n dal o gwmpas?'

'Ydw.'

'Tyrd draw.'

'OK.'

Gwasgodd Arthur fotwm ei ffôn.

Roedd Price yno mewn deg munud o dŷ ei fam.

'Ti *on the ball*, myn diawl,' meddai Arthur wrth y cwnstabl ifanc pan gyrhaeddodd.

'Rhy ddiddorol i gadw draw.'

'Tyrd i mewn ac eistedd yn fan'ne.'

'OK, Bos.'

'Mae gen i angen rhywun i daflu syniadau ato fo i mi gael eu tacluso nhw.'

'*Fire away*, Syr,' meddai Price yn ufudd.

'Te?'

'OK, diolch.'

'Reit,' meddai Arthur yn bendant wrth lenwi'r tegell. Mae tri pheth wedi digwydd: corff yn y wal, ac mi wyddon ni mai'r brodyr wnaeth hynny.'

'Cael gwared â rhyw fath o *hitman* neu rywbeth.'

'Ia.'

'Roedd olion *ketamine* yn y corff, gyda llaw,' ychwanegodd Price.

'Gwaith Carwyn, Mr Fferyllydd, yn bendant?'

'Ie, greda i.'

'Wedyn mae busnes y *Fôr-forwyn*.'

'Ie.'

'Wel, mi gyrhaeddodd hwnna i mi, ddeuddydd wedyn,' meddai Arthur gan gyferio at lythyr ar y bwrdd coffi o flaen Price.

Agorodd Price yr amlen a darllen ei chynnwys epigramataidd, gan ddal y bluen yn ei law. 'Beth neu pwy uffach yw Adar Rhiannon?' meddai wedyn.

'Mwy a mwy diddorol, *eh*?'

'Chi'n dweud wrtha i, Bos. Ma' fe'n sbwci.'

'Mi ydw i'n disgwyl un arall bore fory ar ôl busnes y cychod neithiwr.'

'Adar Rhiannon 2?' holodd Price.

'Ia. Mi fydd hynny'n rhoi digon o amser i bostio'r llythyr ar ôl y weithred ac i'r post gyrraedd. Be ti'n feddwl?'

Arhosodd Price yn hir cyn ateb, gan edrych ar y llythyr a'r bluen yn eu tro. 'Mae hwn eisiau sylw. Mae hwn eisiau cyhoeddusrwydd 'fyd.'

'A ...?'

'Mae hwn yn glyfar. Ma' fe'n ddiwylliedig. Ma' fe'n gwybod am y Mabinogi ac Adar Rhiannon. Fi'n ddigon agos i oed ysgol i gofio. Ond beth yn union ydyn nhw, neu oedden nhw?' holodd Price.

'Pobl ifanc heddiw, wir. Gwgla fo!' meddai Arthur yn ddilornus. 'Adar mytholegol oedden nhw. Roedden nhw fel 'taen nhw'n medru stopio amser, yn gallu deffro'r meirw ac yn swyno'r byw i drwmgwsg o be ydw i'n ei gofio.'

'Dwbwl sbwci felly.'

'O ia,' meddai Arthur. 'Mae hwn hefyd yn lleol,' ychwanegodd. 'Mae o'n gwybod sut i saethu. Mae o'n gwybod ei ffordd o gwmpas y lle ac yn gwybod am y camerâu rownd y dre. Dydy o ddim eisio brifo neb, neu ddim wedi brifo neb. Wel, ddim eto o leia.'

'Unrhyw syniad, Bos?'

'Dim.'

'Pam, Bos?'

'Pam does gen i ddim syniad?'

'Na, pam ma' fe'n wneud e?'

'Mae rhai syniadau gen i. Be ti'n wybod am gyfranddaliadau, *shares*?'

'Tipyn mwy nag oeddwn i. Wedi bod yn gweithio ar *corporate fraud* gyda'r job ddwetha. Wedi gorfod dysgu lot.'

'Be am Ddaliadau'r Berig?'

'Wn i ddim. Mae'n dibynnu ydyn nhw'n ddaliadau cyhoeddus neu'n rhai preifat. Os ydyn nhw'n gyhoeddus, mae'r wybodaeth ar gof a chadw yn Nhŷ'r Cwmnïau.'

'Os ydyn nhw'n rhai preifat?'

'Mae hynny'n fwy anodd.'

'Ydy hi'n bosib cael gwybod?'

'Synnwn i ddim,' meddai Price a'i ben ar ryw osgo wybodus.

'Blydi cyfrifiaduron?' holodd Arthur.

'Blydi cyfrifiaduron, Syr,' atebodd Price gyda gwên.

'Dw eisio rhestr o'r bygars.'

'Pwy?'

'Y cyfranddalwyr.'

'OK, fe wna i 'ngore.'

'Wel, *go to it*, fachgen. 'Sgen ti ddim amser i eiste fan hyn yn yfed te,' meddai Arthur. 'Sut mae dy fam, beth bynnag?'

'Iawn, Syr.'

Doedd fawr o fân siarad i'w wneud, felly roedd Price ar ei ffordd mewn byr o dro. 'Chi'n mynd yn gyhoeddus 'da hyn i gyd, Syr?'

'Blydi hel, nachdw,' meddai Arthur. 'Ocsigen i'r bastard fase'r peth gwaetha.'

Pennod 5

Drannoeth, aeth Arthur i gasglu ei bost o'i flwch ger gât ei faes carafannau. Oedd, roedd llythyr iddo. Taflodd olwg hamddenol o'i gwmpas. Nid oedd neb amlwg i'w weld oedd yn haeddu ei sylw, heblaw am ambell ddisgybl yn mynd heibio ar ei ffordd i'r ysgol, a cherddodd yr un mor hamddenol yn ôl at ei garafán. Yno, agorodd y llythyr: yr un darn o bapur A4 a phluen fechan ddu yn y plygiadau gyda'r geiriau wedi eu teipio fel o'r blaen:

ADAR RHIANNON 2

Gwenodd. Roedd hwn yn gwybod pwy oedd Arthur, yn ei adnabod hyd yn oed, ac roedd yn gwybod ble roedd yn byw. 'Reit, mae hyn yn bersonol rŵan,' meddai, a rhoi'r llythyr yn ôl yn ei amlen yn ofalus. Roedd marc post y Rhewl yn eithaf eglur dros y stamp. Gallai hwn fod wedi postio'i lythyr mewn sawl lle yn lleol, meddyliodd.

Cododd ei ffôn i anfon neges at Branwen.

'*Ti'n brysur? Ti am siarad?*'

Daeth ateb o fewn munudau.

'*Ydw ac ydw. Amser cinio? 1.00?*'

'*OK. Ble?*' atebodd Arthur.

'*Yn y swyddfa.*'

'*Iawn.*'

Ystyriodd a ddylai ychwanegu rhywbeth i liniaru'r emosiwn oedd yn dod trwy eiriau moel Branwen. Ni wnaeth.

Ni wyddai eto ai doeth fyddai sôn am yr adar a'r plu. Daeth neges arall, gan Price y tro hwn.

'*Ddaeth pluen arall?*'

'*Do,*' teipiodd Arthur.

'*Diddorol!*' oedd ymateb Price

'*Cer at dy waith,*' ymatebodd Arthur.

'*OK, Bos, ar y job, Bos,*' daeth yr ateb.

'Blydi compiwtars ddiawl!' ebychodd Arthur yn dawel.

Doedd yr ymgom rhyngddo ef a Branwen ddim yn mynd i fod yn hawdd.

Wedi cyrraedd y Berig, roedd amryw blismyn o amgylch y lle a Doug Ellis yn eu canol wrth un o'r ceir heddlu oedd wedi eu parcio y tu allan i brif swyddfa Daliadau'r Berig.

'Sut mae pethau'n mynd, Doug?' holodd Arthur.

'Iawn, Goss, diolch,' oedd ymateb eithaf swta yr insbector oedd wedi ei ddyrchafu'n ddiweddar.

'Wedi gwneud yr *house to house* a ballu?'

'Do,' daeth ymateb unsillafog Doug Ellis.

'O!' meddai Arthur. 'A'r CCTV?'

'Ni'n dod i ben â phethau'n nêt, diolch,' atebodd yr insbector a throi yn ôl at ei gyd-blismyn i drafod ymhellach.

Roedd hwn yn ymhyfrydu yn ei statws newydd, meddyliodd Arthur, ac nid oedd am amharu ar y statws hwnnw trwy rannu dirgeledigaethau ei ymchwiliad ag un a fu'n fòs arno un tro.

'Iawn,' meddai Arthur gyda gwên, cyn troi i gyfeiriad drws y swyddfeydd. Aeth heibio i'r ganolfan ddiogelwch lle roedd sgriniau lu yn arddangos gwaith y camerâu. Gallai weld dros y gwydr pŵl bod cryn brysurdeb yno, gyda Dylan yr uwch-swyddog yn cyfarwyddo pobl oedd yn edrych yn eithaf plismonaidd yn nhyb Arthur. Aeth i fyny'r grisiau.

Gwyliodd Osian ef yn cyrraedd o'i swyddfa a chododd law arno trwy'r drws gwydr a'i gwahanai oddi wrth weddill y swyddfa cynllun agored. Teimlai Arthur fod ganddo ddigon o awdurdod i beidio gorfod gofyn caniatâd i fynd at y swyddfa fwy preifat oedd gan Branwen, ond amneidiodd ar Rachel ei hysgrifenyddes i nodi ble roedd am fynd, o ran cwrteisi. Cododd hithau ei bawd arno a throi yn ôl at ei chyfrifiadur. Doedd dim llawer o ffwdan na chellwair na hwyl swyddfa yn perthyn i Rachel. Merch ddeniadol ond ffurfiol ei natur oedd hi, ond ysgrifenyddes heb ei hail yn ôl Branwen. Daeth Osian allan o'i swyddfa cyn i Arthur gyrraedd drws ei swyddfa hi.

'Unrhyw ddatblygiadau, Goss?' holodd. Roedd y Goss mwy ffurfiol yn ddigon i gadw pellter proffesiynol rhyngddynt, er mai wrth eu henwau cyntaf y byddai'n arfer cyfarch ei staff a Branwen hithau.

'Nac oes, Osian. Gofyn i'r proffesionals,' meddai Arthur.

'Wrth gwrs,' meddai Osian. Roedd ei ffôn yn canu a dychwelodd at ei ddesg heb allu dweud mwy.

Curodd Arthur ar y drws. 'Iawn,' daeth llais Branwen oddi mewn. Agorodd y drws ac aeth i mewn. Roedd hi ar y ffôn. 'Iawn, wrth gwrs, fe wna i,' meddai hi wrth y person ar ben arall y ffôn. 'Dim problem, iawn. Hwyl,' meddai, a gwasgu'r botwm i orffen yr alwad. 'Blydi cyfryngau. Moyn chwilio pob twll a chornel!'

Anaml y bu Arthur yn ymwelydd â'i hystafell ond sylwodd sut y bu gweddnewidiad ers y diwyg mwy llwm a welsai pan oedd yno o'r blaen: desg sylweddol a chadair urddasol, bwrdd cynadledda o dderw ar un ochr â chadeiriau esmwyth i'r cynadleddwyr. Roedd lluniau o'r plant a'i theulu yn y Berig mewn dyddiau hapusach a fu a golygfeydd amrywiol o'r arfordir rhwng silffoedd llyfrau a dogfennau, a rhagor o gadeiriau esmwyth ar gyfer ymwelwyr. Roedd hi wedi sefydlu nyth yn y gyfundrefn. Syllai peintiad o Gruffudd i lawr arni o'r wal o flaen ei desg.

'Eistedd,' meddai hi. Eisteddodd Arthur yn un o'r cadeiriau moethus oedd yn dipyn is na lefel cadair Branwen. Arhosodd hi ar ei gorsedd. 'Beth gythrel sy'n digwydd yn y lle hyn, Goss?'

'Wow, wow, wow! Arthur sy 'ma, ddim un o'r staff,' meddai Arthur wrth godi ei law i ddynodi gosteg.

'Ie, wi'n gwybod, ond fi'n mynd yn benwan fan hyn. Mae'r pethe hyn yn digwydd, mae'r buddsoddwyr yn mynd yn *berserk* ac mae cyfarfod o'r prif rai ddydd Sadwrn 'ma. Jest neis! Mae un o'r cwmnïau IT trendi yna oedd am symud i mewn yn sôn am dynnu mas ac mae pobl y dref yn dechrau cael coliwobls uffernol.'

'Mmm,' meddai Arthur yn fyfyriol.

'"Mmm"? Dyna'r unig beth sy 'da ti i'w ddweud?'

'Dw i heb gael gair efo ti am y trip i Iwerddon,' meddai Arthur, yn ceisio newid y pwnc. 'Gwrddest ti nhw?'

'Do.'

'Pobl neis?'

'Oedden.'

'Hapus rŵan?'

'Hapusach.'

'Ti am gadw cysylltiad?'

'Ydw, ond rhaid i mi ddweud yr hanes i gyd rywbryd eto. Gormod i'w ddweud.' Doedd Branwen ddim am gael ei thynnu oddi ar ei hagenda hi. 'Mae'r hyn sy'n digwydd yma'n bwysicach am y tro.'

'OK, madam. Dw i'n meddwl bod rhaid i mi gael tipyn o gefndir y busnes yma i drio deall pam.'

'Pam?'

'Ia, mae deall y cymhelliad yn rhoi syniad go dda o bwy wnaeth.'

'Ddim dyna'r "pam" oeddwn i'n ei feddwl.'

'Pa "pam", 'te?'

'Pam wyt ti am wybod am y busnes? Ti ydy Mr Annibynnol, Mr Cadw Draw, Mr Rhaid i Mi Gael fy Lle fy Hun.'

Nid adweithioddymatebodd Arthur i'r 'pam' hwnnw. Byddai'r ateb wedi bod yn rhy astrus ac ni wyddai a oedd ateb beth bynnag. 'Pwy ydy'r "prif rai" yma? Mi fase hynny'n lle da i ddechrau.'

Oedodd Branwen yn hir cyn siarad ac edrych yn syn ar Arthur. 'Alwyn o Caled.'

'Caled Concrete?'

'Ie. Cynhyrchydd concrit i'r rhan fwyaf o'n pontydd a'n traffyrdd ni.'

'A ...?'

'Rob o Orgraff.'

'Wedi gwneud ei filiynau yn cynhyrchu comics i blant y byd.'

'Ie. O'r fan honno y daeth Osian.'

'A ...?'

'DCJ.'

'Pwy ydy hwnnw?'

'Dafydd Ceredig Jones.'

'Miliwnydd arall?'

'Biliwnydd. Ma' fe yn y Forbes Rich List.'

'Pa wlad?'

'America. Erioed wedi byw yma, ei deulu wedi mudo i Baltimore o'r ardal 'ma ganol y ganrif ddwetha. Unig blentyn. Ei Gymraeg e'n groyw loyw er bod ei acen damed bach yn od.'

'Eisiau darn o'r deisen ym mro ei gyndadau?'

'Rhywbeth felly.'

'Oed?'

'Pedwardegau.'

'Rhywun arall o ddiddordeb?'

'Dyna ddigon,' meddai Branwen yn sydyn a chodi ei llaw i roi paid ar gwestiynau Arthur. 'Arswyd y byd, Goss, ti fel teriar. Beth sy 'da hyn i'w wneud â'r cyfranddalwyr beth bynnag?'

'Mae pwy bynnag sy wrth wraidd hyn am godi ofn. Mae gwybod ar bwy mae o am godi ofn yn fan cychwyn da.'

'Dod â ti yma i roi TLC i mi oeddwn i, ddim i gael fy nghroesholi. Ma' hi dipyn bach yn hwyr i ti ddechrau dangos diddordeb yn y cwmni.' Doedd hi ddim am iddo gael goruchafiaeth arni. Ei nyth hi oedd hwn wedi'r cwbwl, er ei bod yn edifar am y sylw olaf, ond roedd y drwg wedi ei wneud.

Ni ddaeth ymateb oddi wrth Arthur.

'Ble wyt ti, Arthur Goss, tu mewn neu tu fas?'

Ni ddaeth ymateb gan Arthur eto, dim ond chwythu gwynt o'i fochau.

Canodd y ffôn i'w achub. Cododd Branwen y derbynnydd. 'Mr Timothy i chi, Branwen,' daeth llais Rachel yr ysgrifenyddes. 'Mae'n swnio'n eitha *stressed*.'

'Rho fe 'mlân,' meddai Branwen a throi i edrych allan trwy'r ffenest. 'Helô, Hywel. Beth sy ar dy feddwl di?'

Gallai Arthur glywed llais pellennig â thôn eithaf argyfyngus iddo yn dod dros y ffôn. Erbyn i Branwen droi ar ôl lleddfu'r buddsoddwr trallodus, roedd Arthur wedi mynd.

Mynd am dro oedd bwriad Arthur. Doedd y fegin ddim yn rhy dda heddiw ond tybiai y byddai awyr iach y môr o les iddo. Cymerodd ddracht o'i bwmp a chamu i gyfeiriad y promenâd a'r siopau. Roedd goleuadau'r Nadolig wedi eu gosod ond heb eu cynnau eto. Roedd awel fwyn o'r môr ond roedd rhagolygon bod tywydd garw ar ei ffordd. Doedd fawr o hindda i ddod rhyngddo ef a Branwen chwaith, meddyliodd. Roedd y gwylanod swnllyd arferol yn dawel heddiw.

Os nad oedd arweinwyr y gorfforaeth yn ei dynnu at eu mynwes, roedd trigolion y Berig yn llawer mwy twymgalon tuag ato. Cyfarchodd sawl un ef yn barchus wrth basio.

'Unrhyw newyddion?' holodd Steffan ar ei ffordd at ei gwch ger yr harbwr.

'Ddim eto. Jest dal dy ddŵr,' atebodd Arthur.

Eisteddodd ar fainc. Oddi yno gallai Arthur weld y Berig yn ei chyfanrwydd, yr harbwr gyda'r plismyn wrth eu gwaith, y stryd fawr, a thŷ Gruffudd gynt yn edrych i lawr dros y cyfan yn y pellter. Sylwodd fod camera ychwanegol yn cael ei osod ar un o'r polion lamp. Roedd Branwen wedi mynnu datgysylltu sawl un ond rhaid bod dylanwad Osian wedi ei darbwyllo i'w hailosod, meddyliodd. Oedd Carwyn yn gwylio? Ni wyddai.

'Chi'n cadw'n iach?' daeth llais o'r tu ôl iddo a daeth Dr Chandra i eistedd wrth ei ochr.

'Ydw, diolch, Doc,' meddai Arthur.

Roedd hynt y ddau wedi bod yn eithaf agos ers i helyntion y Berig ddechrau. Ef oedd arolygydd yr uned gofal dwys yn ysbyty Aber lle bu Arthur yn un o'i gleifion un tro, a bu'r meddyg yn ffynhonnell wybodaeth ddefnyddiol iddo byth ers hynny. Bu Arthur yn gyfrwng anuniongyrchol i sicrhau swydd barhaol i'r meddyg trwy ddylanwad Branwen. Gwnaeth y camgymeriad o ystyried mai Indiad ydoedd ond mynnai mai Tamil ydoedd i'r carn. Roedd Cymraeg perffaith y dysgwr deallus ganddo.

'Y frest yn iawn?' holodd y meddyg wedyn.

'Tipyn yn dynn heddiw,' atebodd Arthur.

'Mi fydd.'

'Wn i,' meddai Arthur a phwyso yn ôl ar y fainc. Gwnaeth y meddyg yr un modd a'r ddau yn edrych yn synfyfyriol ar y prysurdeb o gwmpas y dref. Roedd y newyddiadurwyr ar hyd y lle yn chwilota am stori flasus. Doedd cael stori oddi wrth y trigolion ddim yn hawdd bellach. Roedd si na fyddai Osian yn hapus petai pobl yn datgelu gormod i'r wasg, a chaeodd pawb eu drysau a'u cegau'n glep.

'Tipyn o gythrwfwl yn y dref,' meddai'r meddyg ar ôl tipyn.

'Oes wir. Ddim yn gweithio heddiw?'

'Diwrnod bant. Mae meddygon yn cael un, weithiau. Unrhyw wybodaeth?'

'Am y cychod?'

'Ie.'

'Na. Dim pendant.'

'Beth chi'n feddwl?'

'Y cwbwl wn i ydy bod rhyw ddrwg yn y caws yma.'

'Rhywun lleol?'

'Synnwn i ddim.'

'Mae'r wraig yn dechrau poeni. Y cwch yn y bae, y cychod yn yr harbwr a'r corff yn y wal. Beth nesaf?'

'Chi'n gwybod unrhyw beth am y post mortem ar y corff?' holodd Arthur yn eithaf tawel. 'Pugh wnaeth e?'

'Ie.'

'*Ketamine* yn y corff?'

'Fe holais i ond wnaethon nhw ddim profion, meddai Pugh.'

'O.'

'Aeth y corff yn fuan wedyn.'

'I ble?'

'Wn i ddim.'

Gwyddai Arthur yn iawn i ble. Rhyfeddodd at wybodaeth bellgyrhaeddol Price.

'Ydy Pugh yn dal i fod yn fuddsoddwr yn y Berig?' holodd Chandra wedyn.

'Roedd o. Wn i ddim ydy o o hyd.'

Nid ymatebodd Chandra, dim ond codi ei aeliau'n awgrymog. Bu tawelwch am funud.

Roedd Arthur yn gwybod ei fod wedi dod i adnabod y dyn cydwybodol, egwyddorol hwn wrth ei ochr yn ddigon da iddo ofyn ei gwestiwn nesaf. 'Wnes i erioed ofyn hyn i chi,' meddai'n sydyn.

'Beth?'

'Oeddech chi'n un o'r Teigrod Tamil?'

'Oeddwn,' meddai Chandra yn ddigon agored, 'a chyn i chi feddwl, meddyg iddyn nhw oeddwn i,' ychwanegodd. 'Gallwn i fod wedi cyflawni hyn i gyd, wrth gwrs.'

'Wnaethoch chi?'

'Beth ydych *chi'n* feddwl?'

Gwenodd Arthur. 'Jest tsiecio.'

'Dal yn hen blismon?' meddai Chandra wrth godi.

'Rhywbeth felly. Cofiwch fi at y wraig. Dwedwch wrthi am beidio poeni. Daw diwedd i hyn i gyd.'

'Cawn weld,' meddai Chandra, ac ysgwyd llaw Arthur cyn cerdded i lawr y stryd i gyfeiriad y siopau. Osgôdd gamera oedd ar fin ffilmio cyflwynydd un o'r sianeli teledu.

Penderfynodd Arthur mai dianc i'w garafán oedd orau iddo. Roedd y fainc yn rhy gyhoeddus. Cododd ac aeth.

Pan gyrhaeddodd ei garafán, roedd llun newydd ar sgrin ei gyfrifiadur. Roedd y llun yn newid o bryd i'w gilydd, yn llawer rhy anghyson i fod yn newid otomatig. Rhaid bod Carwyn yn rheoli ei ddewis o luniau, meddyliodd. 'Tipyn yn fwy compos mentis nag y'n ni'n feddwl, *eh*, Carwyn? Sut wyt ti'n newid y lluniau yna? Hud a blydi lledrith?'

Daeth cnoc ar y drws. Diffoddodd Arthur y sgrin.

'Rhywun yma?' daeth llais Price a'i ben trwy'r drws. 'Ga i ddod i mewn? Mae hi'n arllwys y glaw.'

Roedd y ffurfafen wedi agor a glaw trwm dechrau Rhagfyr wedi cyrraedd. 'Tyrd i mewn,' meddai Arthur a chamodd y gŵr ifanc trwy'r drws yn ei lifrai beicio.

'Gweld bo chi 'ma, felly fe alwes i,' meddai Price gan dynnu ei helmed.

'Dal yma, 'te?' holodd Arthur.

'Ydw.'

'Dal ar dy wylie?'

'Ddim yn union.'

'Sut hynny?'

'Stanley wedi gofyn i mi aros o gwmpas.'

'Pam?'

'Pethau'n rhy ddiddorol.'

''Sgen ti newyddion i mi?'

'Dyna pam ddes i,' meddai Price. Estynnodd y tu mewn i'w lifrai beicio a thynnu'r ddogfen o'i chuddfan a'i chyflwyno i Arthur. 'Rhestr o'r buddsoddwyr fel o'ch chi moyn.'

'Da was,' meddai Arthur ac agor y dalennau a phori drwyddynt ag awch. 'Sut doist ti o hyd i'r rhain?' meddai wrth ddarllen.

'Gwybod ble i edrych.'

'Hacio?' holodd Arthur

Cododd Price ei ysgwyddau. 'Maen nhw yn nhrefn nifer eu cyfranddaliadau. Mae'r ganran ar y dde,' meddai Price wedyn.

'OK, OK! Dw i ddim yn hollol dwp, ti'n gwybod!'

'Sori, Bos.'

'17% bob un i'r teulu: Carwyn, Branwen ac Eirlys, gwraig Gerwyn. 51% yn ddigon i gadw rheolaeth. 10% gan DCJ Holdings, 7% yr un gan Caled Concrete ac Orgraff, a chanrannau llai gan lot fawr o bobl eraill. Dw i'n nabod lot ohonyn nhw. Ydy, mae Pugh yn dal yn un, a'r prif gwnstabl newydd. Blydi hel, mae byddigions y fro yma. Hywel Timothy. Mi glywes i Branwen yn siarad efo fo ar y ffôn pan oeddwn i yno gynnau. Felly mae 25% gan y buddsoddwyr llai os ydy'n syms i'n iawn. Dros gant ohonyn nhw o be wela i. Cwpwl o rai mwy ond y rhan fwya yn rhai bach. Mi ydw i'n siŵr bod lot ohonyn nhw am werthu eu stoc yn yr hinsawdd gythryblus yma. Mi fydd yna lot o filionêrs bach yn cachu brics nad ydyn nhw'n filionêrs ddim mwy.'

'Bydd, so fi'n amau, ond i bwy allan nhw werthu? Mae rhaid cael prynwr. So rhain yn *shares* sy'n fflotan ar y farchnad. Mae Daliadau'r Berig yn rhai preifat, cofiwch. Fe ddes i o hyd i rywbeth arall diddorol,' ychwanegodd Price.

'Ia?'

'Pwy sy'n berchen ar Caled Concrete Products ac Orgraff?'

'Dwed ti.'

'Celtica Trading. Rhyw gwmni sy'n sugno pob math o fusnesau dan ei adain.'

'Ia?'

'A pwy sy'n berchen ar Celtica Trading?'

'Dafydd Ceredig Jones?'

'*Got it in one*, Bos.'

'Mwy a mwy diddorol, *eh*? Sgwn i ydy Branwen yn gwybod hynny? Does dim lot o Gymraeg rhyngddi hi ac Eirlys chwaith. Synnwn i ddim nad ydy hynny'n broblem fach ddiddorol ar y gorwel. Mae lwmpyn mawr o'r cyfranddaliadau ganddi hi.'

'Beth chi'n feddwl ydy gwerth y cyfan, Bos?'

'Dim syniad.'

'Wel, yn ôl yr *actuary* sy'n gweithio efo ni mae'r cyfan yn werth dros ddau gan miliwn.'

'Faint?'

'Iep. Lwmpyn go lew, weden i.'

Chwythodd Arthur wynt o'i fochau. 'Blydi hel,' meddai wedyn. 'Sut galla i gael gwybod am y DCJ 'ma?'

'Cerwch i mewn i Wikipedia a'r Forbes Rich List ar y

cyfrifiadur 'na. Mae'r cyfan yno. Mae'n rhaid i mi fynd. Mam moyn torth,' meddai Price wrth godi.

'Pethau pwysig!' meddai wrth i Price ymadael ar ei feic trwy'r glaw. 'Cofia fi at dy fam ac at bawb yn y lle dirgel 'na ti'n gweithio ynddo fo,' meddai wedyn, 'a diolch.' Ond roedd y gŵr ifanc wedi diflannu i'r gwyll a'r glaw.

Yn nes ymlaen y noson honno, wedi syrffio'r we yn ôl cyngor Price, darganfu Arthur yr wybodaeth. Roedd dwy frawddeg yn hawlio'i sylw:

Dafydd Ceredig Jones, estimated wealth $2.7 billion. Property, leisure industries, brewing and distilling.

'Ffyyyyc!' meddai Arthur yn dawel. 'Mae'r diawl hwn eisio mwy na'i siâr o'r deisen.'

Pennod 6

Y penwythnosau fyddai cyfnod cyfathrach Branwen ac Arthur fel arfer. Dôi neges gellweirus oddi wrth Branwen: *'Bwyd a hanci panci?'* ar nos Wener wedi i fwrlwm gwaith yr wythnos fynd heibio a hithau'n gallu ymlacio. Aent am bryd i rywle a dychwelyd i'w bwthyn moethus. Roedd hwyl a heulwen yn ogystal â blys yn y berthynas. Fore Llun y gadawai Arthur fel arfer. Roedd y trefniant yn berffaith ganddo, os nad oedd yn hollol wrth ei bodd hi. Roedd Branwen am iddo fod yno yn ei haros yn feunyddiol. Ond roedd Arthur yn fodlon plygu i'w natur reolaethol hi dros y Sul, dim ond iddo gael ei ryddid am weddill yr wythnos.

Rhaid nad oedd hanci panci nac ymlacio i fod ar y nos Wener arbennig yma. Roedd distawrwydd ei ffôn yn llethol. Wedi'r cwbwl, bu'r wythnos yn un gythryblus i Branwen, meddyliodd. Doedd eu cyfarfod y prynhawn blaenorol ddim mo'r un mwyaf serchus. Teimlai Arthur ryw ychydig o euogrwydd am ymadael mor ddisymwth. Cododd ei ffôn ac anfon neges.

'Ti'n iawn?'

'Ydw. Brysur ofnadwy, fe ffonia i,' oedd ei hateb.

'Dim probs,' ymatebodd Arthur.

Aeth nos Wener, nos Sadwrn a'r rhan fwyaf o nos Sul heibio cyn i Branwen ffonio tua deg o'r gloch.

'Arthur, dere draw. Mae rhywbeth arall wedi digwydd.'

'I ble?'

'Gwrdda i ti ar y sgwâr yn y Berig.'

'Ar fy ffordd,' meddai Arthur ac aeth y ffôn yn farw.

Doedd dim rhaid mynd yn bell o'r sgwâr i weld y tân. Roedd y fflamau'n dod o do'r bwthyn ac wedi gafael go iawn, gan lyfu awyr y nos oeraidd. Roedd tipyn o waith teithio i'r frigâd dân gyrraedd ac roedd y llwybr at y tŷ yn gul. Roedden nhw'n chwistrellu dŵr dros y fflamau'n eiddgar a dim ond nawr y gellid gweld rhywfaint o effaith yn deillio o'u hymdrechion. Roedd goleuadau glas yn fflachio ym mhobman a'r heddlu'n cadw'r ffordd yn glir rhag y trigolion niferus a ddaeth allan i wylio, er mwyn i gerbydau fynd a dod ar hyd y llwybr.

'Rhywun yn y bwthyn?' gofynnodd Arthur i Branwen, oedd yn amlwg wedi cyrraedd ar dipyn o frys gyda chôt fawr dros bâr o byjamas ac esgidiau loncian am ei thraed.

'Na. Perchnogion wedi gadael ers tro. Y tŷ ar werth. Roeddwn i yn y broses o'i brynu ar ran y cwmni. Roedd ganddon ni gwpwl neis wedi eu clustnodi ar ei gyfer. Bygar! Pwy gythrel yw e, Arthur? Pwy yw'r bastard sy'n gwneud hyn i ni? Yn fwy na hynny, pam mae e'n gwneud hyn?'

'Does yna ddim sicrwydd ei fod o'n fwriadol,' atebodd Arthur.

Aeth Branwen yn ei blaen. 'Os oes unrhyw un yn edrych ar ôl y gymdeithas Gymraeg, ni yw e. Smo ni'n dod â Saeson i mewn yma. Mae'r blydi lle 'ma'n hollol Gymraeg. So ni'n rhwystro pobl leol rhag byw yma chwaith ac mae'n rhenti ni'n deg. Mae'r lle'n llawn o bobl ifanc 'fyd. Mae'r ysgol yn llawn o'u plant nhw. *Shit*, ni wedi creu rhywbeth sy'n werth ei gadw, yn werth ei gadw'n ddiogel ac mae yna ryw ffycin bastard yn trial dinistrio popeth, ac i beth?'

Rhoddodd Arthur ei fraich amdani. Doedd rhegfeydd o'i genau ddim yn digwydd yn aml.

'Na, so fi moyn maldod, Arthur Goss,' meddai hi gan droi ato. 'Jest gwna rywbeth ambwytu'r peth.'

Cyrhaeddodd yr uwch-swyddog tân newydd yn ei fan goch, wedi dod i lawr o'r bwthyn lle gadawodd y dynion tân wrth eu gwaith. Nid oedd Arthur yn ei adnabod ond gwyddai ei enw a rhywfaint amdano. 'Unrhyw newydd, Mr Llewelyn?' gofynnodd i'r gŵr cymharol ifanc.

'A chi yw ...?' atebodd y swyddog. Roedd hi'n amlwg nad oedd am rannu gwybodaeth yn rhy ebrwydd â dieithryn.

'Arthur Goss. Dw i'n holi ar ran y perchennog, Branwen Brân, yma,' meddai gyda'i dôn swyddogol orau.

'O, Mr Goss. Wyddwn i ddim.' Roedd yr enw Goss yn amlwg wedi taro tant, a'i enw da wedi goroesi. 'Ddim lot i'w ddweud ar hyn o bryd, Mr Goss. Y tân dan reolaeth. Neb wedi ei anafu.'

'Unrhyw syniad beth oedd achos y tân?' holodd Arthur wedyn.

'Mr Lambert fydd yn gallu dweud hynny'n bendant, ond mae arogl petrol yn gryf ambwytu'r lle, ac mae streipen o losg yn mynd at beth sy ar ôl o'r drws ffrynt.'

'Bwriadol?'

Ni chafodd y swyddog gyfle i ymateb; daeth llais Doug Ellis o'r tu ôl iddynt. 'Ga i air os gwelwch yn dda?' meddai, a bu'n rhaid i Llewelyn ymadael.

Gallai Arthur ei glywed yn rhoi gair i gall i'r swyddog tân wrth iddynt ymbellhau. 'Ga i'ch atgoffa chi mai fi sy'n gyfrifol am bethau yma, ddim Goss. Fe fu ar un tro, ond ddim nawr. Iawn?'

'Iawn. Diolch am y cyngor,' meddai Llewelyn yn ddiplomataidd.

'Ti'n gweld: bwriadol,' meddai Branwen wrth Arthur ar ôl i'r ddau swyddog fynd yn ddigon pell oddi wrthynt. 'Ti'n dod?' holodd hi wedyn.

'Mi arhosa i o gwmpas fan hyn am blwc, dw i'n meddwl.'

'Siwtia dy hun,' meddai hi'n eithaf swta. 'Ti'n dod draw wedyn?'

'Os na fydd hi'n rhy hwyr.'

'Iawn,' meddai hithau gan stompian yn ei throwsus pyjamas at ei char. Roedd ei llunieidd-dra arferol wedi ei gadael am y tro.

Aeth Arthur yn ôl at ei gar. Roedd ei frest yn dynn ac awyr y nos wedi oeri ers i'r cymylau gilio i arddangos y lleuad yn glir yn yr awyr. Byddai'r cynhesrwydd yn falm a thaniodd yr injan. Oddi yno gallai wylio'r mynd a dod heb fod yn rhy amlwg. Gwyddai fod pob llosgwr yn awyddus i weld yr adwaith i'w anfadwaith. A ddôi'r dihiryn i'r gynulleidfa? Ond roedd y dorf yn niferus a golau'r stryd yn wan ac fel yr aeth y nos yn ei blaen a'r tân wedi ei ddiffodd, pylodd y diddordeb a dechreuodd y dorf deneuo. Safai Iori yn eu canol yn gawr. Roedd fel petai pellter parchus o'i gwmpas. Roedd Mansel Jenkins yno a nifer o'i braidd o'i amgylch, sawl un yn ifanc. Mynnodd draddodi gweddi a phlygodd y praidd eu pennau, ac edrychodd yntau i'r goruchaf a'i lygaid ynghau.

'Mi fydd angen help o fan'ne arnon ni, fachgen,' meddai Arthur yn ddilornus, 'efo Doug Ellis ar y cês.'

Gwelodd Osian a dau o'i is-swyddogion diogelwch yn sefyll yn gwylio, yn amlwg yn trafod ambell agwedd o'r gweithgarwch. Daeth Doug Ellis atynt a bu cryn drafodaeth eto. Doedd Osian ddim yn yr hwyliau gorau, yn amlwg, a thybiai Arthur mai ei ddwrdio am ddiffyg llwyddiant ei ymholiadau yr oedd wrth godi ei fraich ambell waith i bwysleisio ei anfodlonrwydd. Er i Arthur agor y ffenest a diffodd injan y car, ni allai glywed eu trafodaeth.

Wrth iddo eistedd yno, agorodd drws y car. 'Ga i ddod mewn?' holodd y llais a daeth Steff i eistedd i'r car ato. 'Blydi sbwci, hyn i gyd, on'd yw e?'

'Sbwci iawn,' atebodd Arthur.

'Unrhyw syniad pwy yw e? Fe wedoch chi bo chi'n meddwl bo fe'n rhywun lleol, Mr Goss.'

'Do?'

'Do. Unrhyw syniad?'

'Oes.'

'Pwy, 'te.'

'Taw piau hi.'

'Come on, Mr Goss.'

'Yli, Steff, mae'n bwysig 'mod i'n cau 'ngheg ac mae'n bwysig dy fod tithau hefyd. Eisiau codi braw mae hwn a dydyn ni ddim am wneud ei waith iddo fo a dechrau rhyw banic, ydyn ni?'

'Mae 'na ddigon o banic ambwytu'r lle yn barod, Mr Goss.'

'Wn i, ond waeth i ni heb ag ychwanegu ato fo. Iawn?' meddai Arthur yn bendant. 'Ac mae beth bynnag ddwedes i wrthot ti amdano fo, a'i fod o'n debygol o fod yn rhywun lleol, rhyngot ti a fi. Ti'n deall?'

'Ydw, Mr Goss. Gallwch chi ddibynnu arna i.' Roedd hi'n amlwg bod y gŵr ifanc yn cymryd yr ymddiriedaeth a ddangosai Arthur ynddo o ddifrif. 'Ond mae pawb yn y dre hyn yn meddwl 'ny'n barod, Mr Goss,' ychwanegodd. 'A ddim fi sy wedi dechrau'r si. Wir i chi. Mae pawb yn edrych dros eu sgwyddau'n barod. 'Smond rhaid i chi fynd i'r bar yn y Llong a gwrando.'

'Synnwn i ddim, ond mae'n rhaid i ni aros tan ein bod ni'n gwybod ac yn gwybod yn iawn.'

'Iawn, Mr Goss,' meddai Steff cyn codi o'r car. 'O leia 'sneb wedi'i 'nafu 'to. Wela i chi,' meddai wedyn wrth gau'r drws.

'Ddim eto,' meddai Arthur yn dawel.

'Diddorol, Mr Goss?' daeth llais arall trwy'r ffenest oedd ar agor o hyd. Gwaredodd Arthur at ba mor weladwy ydoedd. Trodd i weld wyneb Dr Chandra yn edrych arno yng ngolau pŵl y stryd.

'Cadwch ni'n ddiogel,' meddai'r meddyg doeth a cherdded ymaith.

'Fe wna i 'ngorau,' meddai Arthur â hanner chwerthiniad. Taniodd yr injan eto, rhoi'r car yn ei gêr a throi i gyfeiriad tŷ Branwen. Gwelodd gamera yn edrych tuag at ei gar o un o'r polion lamp ar y promenâd.

Sgwn i faint wyt ti'n ei weld o hyn i gyd, Carwyn boi, meddyliodd.

Wrth ddynesu at fwthyn moethus Branwen, gallai weld nad oedd golau. Nid oedd ganddo allwedd. Mynnai Branwen y dylai gael un ond gwrthod a wnâi bob tro. Nid oedd am darfu arni. Trodd ei gar yn y buarth o flaen y stablau a mynd ar ei hynt tua'i garafán. Wedi'r cwbwl, roedd hi ymhell wedi hanner nos. Wrth dynnu o'r lôn yn ôl at y brif ffordd, ni welodd Iori yn y gilfan yn eistedd yn ei Mitsubishi 4x4.

Pan gyrhaeddodd ei garafán roedd Price yn aros amdano, yn eistedd mewn car y tro hwn.

'Sut oeddet ti'n gwybod 'mod i ar y ffordd yma?' holodd Arthur.

Curodd Price ochr ei drwyn yn awgrymog.

'Blydi technoleg ddiawl!' ebychodd Arthur. 'Cwestiwn dau: be wyt ti'n wneud yma?'

'Jest isio gwybod,' atebodd Price gyda gwên.

'Well i ti ddod i mewn, 'te, i mi gael dweud y clecs i gyd wrthot ti. Te?'

'Coffi.'

'Blydi iypis! Instant yn OK?'

Roedd Arthur yn ddigon balch o gael dweud yr hanes ond nid oedd mor barod i rannu ei syniadau.

'Felly, mae 'da chi syniadau,' meddai Price.

'Oes.'

'Ond so chi'n dweud.'

'Na. ddim eto.'

'Pam?'

'Neu mi fyddwn ni, gan dy gynnwys di a dy gang, yn dringo'r polion rong.'

'Os chi'n dweud.'

'Reit, tra ti yma, ydy hi'n bosib i ti wneud rhywbeth i mi?'

'I chi, Bos, wrth gwrs,' meddai Price â chrechwen.

'Ti'n gwybod y camera arall yna oedd wedi ei osod gynnoch chi i edrych ar dŷ Branwen ers talwm?'

'Ydw, wrth gwrs 'mod i, pan oedden ni'n poeni am ei diogelwch hi oddi wrth y Gwyddelod.'

'Ydy o'n dal yno?'

'Ydy, am wn i.'

'Fydd o'n dal i weithio?'

'Wn i ddim. Bydd, os ydy'r batri'n iawn a rhyw wiwer heb ei stwffo fe i dwll yn y goeden lle oedden ni wedi ei osod e.'

'Allet ti drio cysylltu efo fo i mi?'

'Gallwn. Chi'n poeni am Branwen eto?'

'Ydw, a nac ydw. Hyd yn hyn dydy'r bastard yma ddim wedi trio brifo neb, ond does dim dal. Os oes rhywun fase'n darged, Branwen fydde'r dewis cynta.'

'Cyfrifiadur yn gweithio, Bos?'

'Ydy. Gwna dy stwff.'

Cododd Price a throi'r peiriant ymlaen ac aros iddo dwymo. Hwn braidd yn araf, Syr.'

'Jest gwna dy stwff, da ti.'

'OK. Gawn ni weld nawr,' meddai Price a dechrau gwasgu botymau'r bysellfwrdd yn ddeheuig. 'Bingo,' meddai wedyn pan ddaeth llun braidd yn simsan ar y sgrin. Roedd baw wedi mynd ar wydr y camera ond gellid gweld hanner cartref Branwen yn eithaf clir yng ngolau'r lleuad. 'Hapus, Bos?'

'Fedri di ddim mynd i lanhau'r ffenest i mi?' meddai Arthur wrth graffu ar y sgrin. 'Ddim yn ddrwg chwaith,' ychwanegodd.

'Fyddwn i ddim yn aros arno fe'n rhy hir rhag ofn bod y batri'n wan.'

'Iawn.'

'Chi'n meddwl y byddwch chi'n cael post fory?'

'Ddim fory. Rhy gynnar, os nad ydy o'n anfon cyn cyflawni beth bynnag mae o am ei gyflawni. Ond synnwn i ddim na fydd post bore Mawrth yn ddiddorol. Gweithred heddiw. Postio fory.'

'Neu bostio'n bersonol?' holodd Price

'Rhy glyfar i hynny.'

'Pryd mae'r DCJ hyn o'ch chi'n sôn amdano fe'n cyrraedd?'

'Dydd Mercher neu ddydd Iau. Mi wn i fod cyfarfod o'r buddsoddwyr mwyaf ddydd Gwener. Branwen wedi bod yn paratoi ar eu cyfer nhw,' meddai Arthur yn feddylgar gan barhau i edrych ar y sgrin. 'Wnaeth hi ddim paratoi ar gyfer hyn chwaith,' ychwanegodd.

'Chi'n gweld rhywbeth, Bos?'

'Uffern o ddim byd rŵan. Mae'r cymylau wedi dod yn ôl a golau'r lleuad wedi mynd.'

'Allwn ni neud lot yn y lle dirgel 'na ond allwn ni ddim sorto 'ny i chi.'

'Reit, mae'n hen bryd i fachgen bach fel ti fynd adre i'w wely. Mi fydd dy fam yn sidro ble wyt ti.'

'Iawn, Syr,' meddai'r cwnstabl ifanc a chodi. 'Wela i chi, Syr.'

'Ddim os gwela i di'n gynta,' meddai Arthur wrtho'n gellweirus wrth iddo adael.

*　　*　　*

Tipyn o sioc i Arthur wrth gasglu ei bost fore Llun oedd darganfod llythyr. Agorodd ef wedi cyrraedd yn ôl i'w garafán.

'Adar Rhiannon tri?' meddai cyn tynnu'r darn papur o'r amlen.

Ni chafodd ei siomi – yr un darn papur a'r geiriau:

ADAR RHIANNON 3

arno'n glir. Roedd stamp ar yr amlen a marc post dosbarth cyntaf wedi'i osod fore dydd Sadwrn. Gallai adnabod stamp Abertawe yn eithaf clir ar yr amlen.

'Roeddet ti i ffwrdd ddydd Sadwrn felly,' meddai. 'Neu mae rhywun wedi postio hwn ar dy ran di,' ychwanegodd. 'Ti'n dechrau brysio hefyd. Dechrau codi'r tempo. Sgwn i pam?'

Cododd ei ffôn ac anfon neges at Price:

'*Llythyr wedi cyrraedd.*'

Aeth at ei gyfrifiadur i edrych ar ei sgrin newydd. Gwelodd Margaret y forwyn yn cyrraedd a Branwen yn ei chyfarch wrth y drws cyn gadael am y swyddfa. Bodlonodd ar hynny a chau'r ddolen gyswllt i'r camera. 'Blydi batri ddiawl!' meddai.

Pennod 7

Aeth Gwesty'r Frân i ryw wewyr o baratoi pan gawson
nhw wybod bod DCJ ar ei ffordd. Roedd y gegin wedi
ei hysbysu bod angen y danteithion mwyaf blasus ar
ei gyfer ac roedd y fwydlen wedi cael ychwanegiadau
'arbennig'. Roedd y swît fwyaf moethus wedi cael
glanhad 'arbennig' hefyd gyda phob blewyn a gronyn o
lwch wedi ei sugno o bob twll a chornel, ac roedd arogl
y cwyr aromataidd ar y dodrefn yn hongian yn yr awyr.
Roedd Glesni'r brif reolwraig wedi dod i fwrw golwg ar
y ystafell ar ôl gwaith dygn Carys, y forwyn.

'Pryd ma' fe'n cyrraedd?' gofynnodd hi i Glesni.

'Yn nes 'mlân heddi, fi'n meddwl,' atebodd.

'Yn hedfan i Heathrow?'

'DCJ? Na. Caerdydd.'

'Beth, o Baltimore? So nhw'n hedfan i Gaerdydd o
America nawr, ydyn nhw?'

'Mae awyren breifat 'da fe, cofia.'

'O.'

'Sioffer wedi 'ny, ife?'

'Helicopter. Fe fydd e'n lando fan 'na ar y cwrs golff.
Ma' 'da fe sioffer tra ma' fe 'ma 'fyd.'

'Yn olreit i rai, on'd yw hi!'

'Am faint ma' fe'n aros?'

'Ma' fe wedi bwco am yr wythnos ond 'sdim dal.'

'Chi wedi cwrdd â fe?'

'Odw.'

'*Nice chap*, yw e?'

'Ody. Tipyn o *charmer*. Eitha golygus 'fyd.'

'Oed?'

'Pedwardegau? Sai'n siŵr.'

'Siawns i mi, chi'n meddwl?'

Gwenodd Glesni ar y forwyn ifanc cyn ymadael. Roedd hi wedi rhannu gormod o wybodaeth am eu gwestai 'arbennig' yn barod.

Pan gyrhaeddodd Branwen y swyddfa, amneidiodd ei hysgrifenyddes arni cyn iddi gyrraedd y drws. 'Eirlys,' meddai yn ddi-lais a phwyntio at ystafell Branwen.

'O,' meddai Branwen a throi ei llygaid tua'r to. Wedyn plannodd ei llaw yn benderfynol ar ddolen y drws i wynebu Eirlys, gwraig Gerwyn, ei brawd ymadawedig.

Roedd y berthynas rhwng Eirlys a Gerwyn wedi hen suro cyn i Gerwyn gael ei ladd oherwydd chwantau blysiog ei gŵr tuag at Sylvia, fu'n gweithio yn y dderbynfa un tro. Doedd y berthynas rhyngddi hi a gweddill y teulu a'r cwmni ers hynny ddim wedi bod yn fêl i gyd ychwaith. Prin fu'r gyfathrach rhyngddi hi a Branwen a hithau wedi symud i dŷ newydd yn Aber. Roedd hi wedi derbyn yn helaeth o goffrau'r cwmni, serch hynny, hithau a Hari, ei chymar newydd, oedd yn gyfrifydd lleol. Roedd y ddau wedi cyfranogi o'r bonws blynyddol ynghyd â hanner y cyflog misol fyddai wedi dod i Gerwyn. Ond roedd y cyfrifydd wedi clywed si y byddai'r bonws yn crebachu eleni gan nad oedd brand y Berig mor ddeniadol ag y bu yn sgil y digwyddiadau diweddar, a bod y cwmni yn debygol o grebachu hefyd.

'Fi moyn gwerthu,' meddai hi wrth i Branwen gerdded i'r ystafell.

'O,' meddai Branwen. 'Ti'n dod yn syth at y pwynt, on'd wyt?'

'Ydw. 'Sdim pwynt hongan ambwytu.'

'Y cwestiwn cynta ydy pam.'

'Fi moyn tynnu mas. Sai'n rhan o'r potes man hyn yn y Berig bellach, a sai'n moyn bod. Fi a'r merched am ddechrau bywyd newydd.'

Nid oedd hyn yn newyddion i Branwen. Gwyddai am anfodlonrwydd Eirlys ers tro, cyn i'r trafferthion diweddar godi eu pennau. Gwyddai hefyd nad oedd hi'r person mwyaf darbodus ag arian na'r un mwyaf deallus am sut i'w drin.

'O,' meddai Branwen eto wrth eistedd yn ei chadair o flaen ei desg. 'Dyna ni?'

'Ie.'

''Dyw e ddim mor syml a 'ny. 'Dyw e ddim fel tasen ni'n gallu mynd i'r seff a rhoi lwmpyn o arian i ti a dweud diolch yn fawr a ta ta.'

'Wy'n gwbod 'ny. So fi'n hollol dwp, ti'n gwybod.'

Gwyddai Branwen iddi gymryd cam gwag wrth swnio braidd yn nawddoglyd. 'Wn i, ond mae'r pethau hyn yn cymryd amser. Cwmni preifat ydyn ni. Dydyn ni ddim ar y farchnad stoc. Dydyn ni ddim yn gallu rhoi cyfranddaliadau allan i rywun rhywun i'w prynu. Rhaid cael prynwr neu brynwyr sy am brynu yn y lle cyntaf, a byddai'n rhaid i ba bynnag gytundeb sy wedi ei drefnu gael ei dderbyn gan y cyfranddalwyr eraill.'

'Allet ti brynu fy siêrs i.'

'O ie! Fe wna i bopo lawr i'r banc i gael yr arian mas,' meddai Branwen, gan ddwrdio'i hun am fod braidd yn goeglyd eto. 'Edrych, mae'r cwmni hyn yn eitha mawr bellach ac yn gwneud arian, ond asedau sy ganddon ni a ddim rhyw bwll mawr o arian.'

'Fi'n gwybod hynny 'fyd,' meddai Eirlys ag ymateb pendant i'r coegni.

'I ddod at y pwynt felly. Faint ti moyn?'

'Reit, fi'n berchen ar 17% o'r busnes hyn, on'd ydw i, fel ti a Carwyn?'

'Wyt.'

'Beth yw gwerth y busnes?'

'Anodd dweud.'

'Dau gan miliwn a mwy?'

'Ie, ond mae hynny'n asedau bron i gyd.'

'Faint o dai sy 'da'r cwmni, pedwar cant? A ffermydd?'

'Rhywbeth felly,' meddai Branwen yn ddrwgdybus.

'Mae pob tŷ'n werth dau gan mil ar gyfartaledd. Mae'r syms yn hawdd – wyth deg miliwn, heb sôn am y ffermydd a'r siopau a'r busnesau eraill.' Roedd Eirlys yn mynd i hwyl. Roedd Hari'n amlwg wedi ei pharatoi hi'n dda.

'Ond dydy pob busnes ond yn werth yr elw mae e'n ei wneud.'

'Dyna beth oedd Hari'n ei ddweud.' Gwywodd Eirlys

ryw ychydig wrth sylweddoli bod y gath o'r cwd mai geiriau Hari roedd hi'n eu hailadrodd, ond aeth yn ei blaen. 'Ond ma' fe'n werth lot o arian ta beth.'

'Y cwestiwn mawr felly: faint ti moyn?'

'Un deg saith y cant o ddau gan miliwn.'

'Dyna'r cwbwl?' meddai Branwen yn goeglyd. 'Tri deg pedwar miliwn.'

'Os wyt ti am gadw rheolaeth ar y busnes hyn a chadw pum deg un y cant rhyngot ti a Carwyn, dyna beth yw'r pris. *Take it or leave it*, neu mi fydda i'n chwilio am brynwr arall.'

'Ti'n rhoi gwn i 'mhen i, on'd wyt?'

'Ydw, ond o leia fi'n rhoi'r opsiwn cynta i ti.'

'O, diolch.'

'Jest meddwl dros y peth. Sai ar frys ond sai'n aros am byth.'

Nid oedd gan Branwen ateb.

Cododd Eirlys yn fuddugoliaethus o'r gadair esmwyth a chamu tua'r drws. 'Keep me posted,' meddai wrth ymadael a chau'r drws yn glep ar ei hôl.

Edrychodd Branwen yn syn at y drws am amser hir wedyn.

*　　*　　*

Cyrhaeddodd yr hofrennydd yn swnllyd yn hwyr y prynhawn ar lanfa ger twll olaf y cwrs golff. Roedd H fawr wedi ei marcio ar gyfer dyfodiad yr ymwelydd a morwynion a chogyddion yn sefyll yn llonydd ar ddwy ochr y grisiau oedd yn arwain o'r cwrs golff.

Roedd gwynt yr hofrennydd yn chwipio eu gwalltiau a'u ffedogau. Gostegodd y corwynt wrth i'r llafnau chwyrlïog arafu, a daeth paid i'r sŵn byddarol wrth i'r injan gael ei diffodd am y tro.

'Blydi palafar ddiawl,' meddai Carys dan ei gwynt. 'Fi'n oer 'fyd.'

Agorodd y drws i arddangos DCJ mewn dillad eithaf ysgafn. Gwyrodd ei ben wrth ddod o dan lafnau'r hofrennydd at waelod y grisiau. Arhosodd ar waelod y grisiau cyn esgyn at ei osgordd. Daeth dau ŵr arall allan o ddrws yr hofrennydd yn cludo bagiau sylweddol. Dychwelodd un i gyrchu rhagor, a bag o glybiau golff.

'Blydi hel, am faint ma' fe'n meddwl aros?' holodd Carys dan ei gwynt eto.

'Cau dy ben a gwena,' meddai'r forwyn wrth ei hochr.

Cododd DCJ ei law ar y peilot a'i gymar. Chwifiodd y ddau yn ôl a chlywid sŵn yr injan yn codi'n groch unwaith eto a'r llafnau'n cyflymu wrth iddynt godi pwysau'r hofrennydd i'r awyr, a'r corwynt yn dychwelyd ac yna'n edwino wrth iddo ymadael. Roedd hi'n dechrau nosi.

Trodd DCJ i wynebu ei groesawyr ac agor ei ddwylo a rhyw hanner moesymgrymu i'w cydnabod. 'Shwmai,' meddai yn hyderus huawdl.

Camodd Glesni tuag ato i lawr y grisiau gan estyn ei llaw. 'Croeso, Mr Jones,' meddai. 'Arwyn, Simon, helpwch 'da'r bagiau, wnewch chi?' meddai hi wedyn wrth ddau o'r gweision, a chamodd y ddau ymlaen yn ufudd.

'Mae Ceredig yn gwneud y tro yn iawn,' meddai yntau. 'C'red mae pawb yn fy ngalw i dros y dŵr.'

'Iawn, Mr Jones,' meddai Glesni.

Gwenodd Ceredig wrth ysgwyd ei llaw.

'Popeth yn barod i chi,' meddai hi wedyn. 'Gobeithio y cewch chi amser da yma.'

'A chi yw?' holodd Ceredig

'O, mae'n ddrwg 'da fi. Glesni, fi yw'r rheolwraig yma. A dyma Mark, ein prif gogydd,' meddai hi, a chyflwyno pob un o'r gweision yn eu tro fel capten yn tywys tywysog cyn gêm rygbi. Ysgydwodd Ceredig bob llaw yn ddefodol. Rhoddodd Carys gyrtsi iddo wrth iddo ysgwyd ei llaw hi.

''Sdim angen hynny,' meddai Ceredig a throi i gyfeiriad y drws ffrynt gyda gwên.

'Eitha pishyn, on'd yw e? Gobeitho bydd e'n cael gwybod 'mod i'n *unattached* ac yn *available*,' meddai Carys yn dawel wedi i'r grŵp fynd yn ddigon pell.

Fel y dôi Ceredig i mewn i'r cyntedd, daeth Osian ar hyd un o'r coridorau i'w gyfarch. 'Ceredig, croeso.'

'Osian. Setlo mewn yn y job newydd yn iawn?' holodd Ceredig. Roedd ei Gymraeg yn groyw er bod ei ynganiad braidd yn lletchwith ar brydiau, a'r Osian yn gyffelyb i 'ocean' Americanaidd, ond nid oedd neb am ei gywiro.

'O, ydw.'

'Dyma Lee,' meddai Ceredig gan gyfeirio at y llipryn ifanc tal a thenau oedd gydag ef. 'Harvard Business School, yn dda gyda ffigyrau, yn edrych ar ôl y math. Wedi dysgu Cymraeg.'

'Yn Harvard?' holodd Osian.

'Maen nhw'n dysgu popeth yn Harvard,' atebodd y llipryn yn hyderus.

'A dyma Chuck,' ychwanegodd Ceredig. ''Dyw e ddim yn siarad Cymraeg ond ma' fe'n edrych ar ôl popeth arall. On'd wyt ti, Chuck?' Edrychodd y gŵr cyhyrog hwn braidd yn ffwndrus wrth glywed ei enw. 'Just nod, Chuck,' meddai Ceredig, braidd yn nawddoglyd. Nodiodd y dyn. 'Say "Shwmai", Chuck.'

'Shoo my,' meddai Chuck yn anfoddog.

'Good. We'll have you fluent by the time we leave. Llawer i'w drafod, Osian. Llawer i'w drafod. Branwen o gwmpas?'

'Wedi trefnu i chi gwrdd yfory.'

'Yma?'

'Yn y swyddfa, Ceredig. Deg o'r gloch yn iawn?'

'Suits me fine. Mae'r *jet lag droop* yn dechrau gafael. Angen bod yn ffres. Dydy cysgu ar awyren ddim yr un peth â chysgu mewn gwely. Cyfle am gwpwl o dyllau cyn brecwast. Reit, mae llawer wedi digwydd. Eisiau gwybod *what the hell is goin' on. Short blast, summary*, cinio Cymreig blasus a gwely wedyn. Ti am fwyta gyda ni?'

'Syniad da. Diolch.'

'I'r lolfa i drafod?'

'Ie.'

'Lee? Dere di hefyd. Fe gaiff Chuck sorto beth mae Chuck yn sorto.' Gadawodd y tri i gyfeiriad y lolfa. Roedd y drafodaeth a'r cinio yn mynd i fod yn ddiddorol, er nad oedd Osian yn teimlo'n ddigon cyfforddus yng nghwmni Lee i'w gynnwys yn y drafodaeth.

'Paid â phoeni, Osian,' meddai Ceredig wrth sylwi ar adwaith Osian. 'Mae Lee yn y lŵp.'

Nid ymatebodd Osian.

*   *   *

Gwyliodd Arthur yr hofrennydd yn cyrraedd ar ei sgrin yn ei garafán a gwyddai, felly, i Carwyn wneud yr un modd. 'Blydi swanc wancar o Ianc,' meddai. Gwenodd wrth wylio cyrtsi Carys. 'Wyt ti, Carwyn, yn gweld pob dim, on'd wyt? Yn gwylio fel barcud. Ti'n colli bygar ôl.' Cododd i ferwi'r tegell wedi eu gwylio'n diflannu trwy ddrws y gwesty a'r gweision yn gwasgaru, wedi eu rhyddhau o artaith eu gwyleidd-dra gorfodol. 'Sgwn i be fydd gen ti, Meistr y Plu, ar ein cyfer ni rŵan,' meddai wedyn wrth arllwys y dŵr i'w gwpan. 'Mae hwn yn amser go lew i ti wneud dy farc, greda i. Heno? Na, mae'n rhy gynnar, ond wn i ddim chwaith.' Cododd ei olygon i edrych ar y tair amlen oedd yn eistedd yn daclus ar silff. Cododd ei gwpan a chynnig llwncdestun iddo cyn ychwanegu llaeth i'r gwpan a chymryd dracht o'i de. 'Ach,' meddai wedyn pan sylweddolodd nad oedd wedi ychwanegu siwgr, ond parhaodd i edrych ar y llythyrau. 'Ti'n mwynhau hyn i gyd, on'd wyt? Ydy hi'n dipyn bach o siom i ti 'mod i heb ddweud wrth neb? Neu ai jest rhywbeth i ti a fi ydy hyn, rhyw fath o ornest? Dydy Doug Ellis ddim yn ddigon da gen ti?' Gwenodd wedyn.

'Na, wrach nad ydy o ddim.' Cododd ei gwpan eto i gyfeiriad y llythyrau, cyn eistedd a meddwl yn hir.

∗　　∗　　∗

Treuliodd Branwen ei bore yn ceisio chwilota am ffynonellau arian. Nid oedd hi eto wedi trafod gofynion Eirlys ag Osian. Galwyd rheolwr Banc y Ddafad Ddu i'r swyddfa. Roedd y banc wedi datblygu yn sylweddol dan adain y teulu a Daliadau'r Berig ac wedi datblygu'n gyrchfan i'r trigolion ar gyfer cynilion a benthyciadau ar gyfer ceir, carafannau a chychod. Roedd cyfradd eu llog yn ffafriol iawn. Trwyddo roedd holl gyllid y cwmni bellach yn cael ei ffrydio: anfonebau, rhenti, arian i mewn oddi wrth yr amryw gwmnïau oedd am arddel enw'r Berig, a chyflogau'r holl weithwyr hefyd. Nid oedd y banc eto yn ymwneud â buddsoddiadau, heblaw am y rhai a wneid yn y cwmni yn fewnol. Gellid dweud bod y cwmni'n gyfoethog o ran asedau ond yn dlawd o ran arian parod. Ond roedd yr elw a wneid o'r asedau yn ddigon i sicrhau bod bonws bob hanner blwyddyn yn mynd i goffrau'r rheini oedd yn fuddsoddwyr yn y cwmni. Bu sôn am sefydlu adain yswiriant. Nid oedd angen morgeisi gan mai rhentu'r oedd y rhelyw o drigolion y Berig. Bu Rhys Daniels yn ganolog i ddatblygiad a thwf y banc, gan sicrhau llyfnder ei holl weithredoedd ac osgoi ambell embaras pan oedd y cwmni wedi hwylio braidd yn agos i'r gwynt. Roedd yn ŵr medrus, hynod ddyfeisgar a chreadigol ym myd cyllid, ond llethwyd ef yn llwyr gan gais Branwen.

'Beth yw'n siawns i o gael gafael ar dri deg pedwar o filiynau?' holodd hi wedi i Rhys eistedd yn y gadair esmwyth o'i blaen.

Pesychodd Rhys. 'O'n banc ni?'

'Ie.'

'Dim.'

'Jest dim?'

'Taliadau mawr i mewn ac allan ond bach iawn yw'r cyfalaf sydd gennym wrth gefn. Mae digon i gadw digon o olau dydd rhyngddon ni ac unrhyw ddyledion a digon ar gyfer pryniannau achlysurol fel y bo'r angen. Mae popeth mewn brics, morter a thir.'

'O. Oes siawns cael gafael ar y fath arian o rywle arall?'

'Anodd dweud. Ar gyfer beth neu bwy?'

'Fi.'

'O.'

'Mae Eirlys am werthu ei chyfran hi o'r busnes a dw i am ei phrynu. Dyna faint mae hi'n ei ofyn.'

'O,' oedd unig ymateb Rhys.

'Alli di ffindo mas i mi?'

'Fe wna i 'ngorau, Branwen, ond sai'n addo dim.'

'Cyn gynted ag y bo modd os gweli di'n dda.'

'Fe wna i ambell alwad. Gawn ni weld.'

'Ti werth y byd, Rhys. Mae hyn yn hollol, hollol gyfrinachol, cofia. Does neb yn y byd yn gwybod am hyn. Ti'n deall?'

'O ydw, Branwen,' meddai Rhys. Oedodd am eiliad cyn holi, 'Ddim hyd yn oed Osian?'

'Ddim hyd yn oed Osian, er, wi'n siŵr ei fod e'n amau.'

'Dyna ni, 'te?'

'Dyna ni. Cer ati. Fe fydd gwobr i ti yn y nefoedd neu rywle.'

'Iawn, Branwen.'

Ni ddywedwyd mwy a gadawodd Rhys.

Teimlai Branwen rywfaint o ryddhad wedi mynd â'r maen i'r wal ag un o'i phroblemau. Gallai dreulio'r prynhawn yn mynd â maen i wal arall, sef paratoi ar gyfer cyfarfod y prif fuddsoddwyr gyda neb ond Rachel yn cael mynediad i sanctwm ei swyddfa. Roedd Rachel yn garreg ateb effeithiol i hogi meddyliau, er na fyddai byth yn mynegi barn. Hyderai hefyd y câi ei chynlluniau ar gyfer y cyfarfod aros o fewn muriau'r swyddfa wedi i Rachel eu clywed. Nid oedd Branwen am dderbyn galwadau ychwaith. Roedd y cyfarfod yn mynd i fod yn anodd, gyda'r holl newyddion anffafriol yn codi bwganod ym meddyliau sawl un o'r buddsoddwyr.

Gwyddai fod DCJ wedi cyrraedd. Roedd sŵn yr hofrennydd yn ddigon o hysbyseb. Anfon Osian a wnaeth yn hytrach na mynd i'w gyfarch yn bersonol. Mynnai mai ati hi y dylai ddod yn hytrach na'i bod hithau'n mynd ato yntau, ac yn ei hamser hi hefyd.

Gwelodd Arthur oddi wrth ei sgrin nad oedd Branwen wedi cyrraedd adref tan fin nos. Byddai pryd yn y micro gan Margaret iddi eto.

Pennod 8

Roedd y maes golff wedi ei neilltuo ar gyfer rownd golff foreol DCJ. Rhaid oedd siomi'r golffwyr cynnar arferol. Camodd ef a Lee i wlith bore o Dachwedd oeraidd, a'r gwylanod yn sgrialu o'r gweirgloddiau o'u blaenau gan darfu ar eu heddwch. 'Pum doler y twll?' holodd Ceredig.

'OK,' meddai Lee.

Roedd y swm yn dila i Ceredig ond yn ddigon i ddod â rhywfaint o fin i'r gystadleuaeth cyn brecwast.

'Pum punt?' holodd Lee.

'Now you're talking real money,' atebodd Ceredig a chamu i gyfeiriad y twll cyntaf. Roedd Chuck yn eu dilyn yn cario'r bagiau. Wedi cyrraedd y man cychwyn, 'Three iron should do it, eh, Chuck?' gofynnodd i'r gŵr cyhyrog â'r bagiau.

'You know I don't know jack shit about golf, Boss,' meddai, a chynnig y ffon briodol i Ceredig.

'Did you sort the flowers, Chuck?'

'You know I did, Boss. I always sort things.'

'You do, Chuck. Three iron it is then. Fi i ddechrau, Lee?'

'O ie, rydw i'n meddwl. Wedi'r cwbwl, ti sy piau'r cwrs,' meddai Lee.

'Wel, dau ddeg un y cant nawr. Tipyn yn fwy cyn bo hir efallai,' meddai dan grechwenu.

Doedd grîn y twll cymharol fyr cyntaf ddim i'w weld o'r man cychwyn. Cyrhaeddodd Lee a'i bêl yn ddidrafferth ac aeth i fyny ar y grîn i ganlyn ei bêl, ond bu'n rhaid i Ceredig fwrw eilwaith.

'Holy shit!' ebychodd Lee wedi iddo gyrraedd y grîn.

'Beth?'

'Tyrd i weld,' meddai Lee, a dringodd Ceredig i fyny'r llethr a sefyll wrth ei ochr mewn syndod. Roedd clamp o D fawr wedi ei hysgrifennu mewn glaswellt marwaidd ar draws y grîn perffaith.

'Someone writing in weedkiller, I reckon, Boss,' meddai Chuck, oedd wedi ei ddilyn yn cario'r ffyn. 'I can smell it too.'

'Looks like,' meddai Ceredig.

'Same stuff we used to clear railtracks. Touch it and it burns like acid. Works pretty good.'

'Go and check the next hole,' meddai Ceredig.

Gollyngodd Chuck ei fag a gwyliodd Lee a Ceredig ei gorpws sylweddol yn loncian at y grîn nesaf oedd ryw ddau ganllath oddi wrthynt, i'r dde i gyfeiriad y môr. Gallent ei weld wedyn yn sefyll yn syllu ar y llawr mewn syndod.

'What can you see?' gwaeddodd Ceredig.

'Same here, Boss,' daeth llais pellennig Chuck. 'But it's a C this time.'

'Go to the third hole,' gwaeddodd Ceredig, a diflannodd Chuck o'r golwg y tu ôl i fryncyn bychan.

Dychwelodd o fewn rhai munudau i ben y bryncyn. 'Same there,' gwaeddodd.

'Don't tell me. Let me guess. It's a J, ain't it?'

'Yes, Boss.'

Amneidiodd Ceredig ar Chuck i ddod yn ôl atynt. 'Rhywun am roi croeso Cymreig i ni,' meddai Lee.

'Rhywun ddim am i ni fod yma, Lee. Ofn newid, ofn datblygiad. Fi yw achubiaeth y lle yma,' meddai Ceredig a thân yn ei lygaid. 'Allan nhw ddim gweld, y diawled twp! Maen nhw'n gwneud pethau'n haws i mi. Dydw i ddim yn cael braw yn hawdd, Lee. O na. Mae'r llinach newydd wedi cyrraedd ac mae'n hen bryd iddyn nhw ddeffro a sylweddoli hynny,' ychwanegodd, gan gyfeirio at y dref islaw. Edrychai'r ddau o'u cwmpas dros wagleoedd anwastad caboledig y cwrs golff. Nid oedd neb i'w weld. Ni welsant y fflach o wydrau'r sbienddrych yn disgleirio yn haul y bore o gyfeiriad y dref.

Byddai trywydd newydd i Doug Ellis ei ddilyn ddiwedd y bore. Efallai y câi fwy o lwyddiant y tro hwn. Nid oedd unrhyw drywydd hyd yn hyn wedi ei arwain i unman nac at unrhyw un.

*   *   *

Tua naw y bore aeth Arthur i gyrchu ei bost o'i flwch ger porth y maes carafannau. Roedd wedi bod yn gwylio'i sgrin am awr a mwy. Trwy ei gamera cudd oedd yn cadw golwg ar dŷ Branwen, gwyliodd fan Blodau'r Berig yn cyrraedd a'r gyrrwr yn cludo torch enfawr o flodau at y drws. Gwelodd Margaret yn derbyn y blodau a'r gyrrwr yn gadael. Gwelodd Branwen wedyn yn gadael am y swyddfa mewn dillad mwy ffurfiol nag arfer. Diffoddodd y sgrin honno'n gyflym rhag dihysbyddu'r batri. Trodd at ei olwg o'r Berig trwy gyfrwng diddordeb Carwyn yn yr amgylchfyd na allai gyfranogi ohono ond mewn cadair olwyn. Roedd sylw ei gamera ar yr olygfa ddeniadol o'r môr dros y cwrs golff. Dim o bwys.

Pan agorodd Arthur ei flwch, synnodd fod llythyr iddo. 'Roeddwn i'n rong, fachan. Be ti wedi'i wneud tro 'ma, sgwn i?' Agorodd yr amlen ac roedd pluen ddu i'w gweld. Nid oedd rhaid darllen y nodyn. Arhosodd tan iddo gyrraedd y garafán cyn ei ddarllen:

ADAR RHIANNON 4... 5?

Roedd yr ychwanegiad yn fygythiad neu'n her. Ni wyddai pa un.

'Roeddet ti'n gwybod bod DCJ ar ei ffordd, on'd oeddet ti? Sut cest ti wybod? Mi anfonest ti hwn cyn gwneud beth bynnag wyt ti wedi ei wneud, on'd do?' meddai, gan siarad â'r bluen yn ei law. 'Be sy gen ti ar gyfer dy *grand finale*, sgwn i?' Gosododd hi yn ôl yn yr amlen gyda'r papur a gosod yr amlen gyda'r lleill yn rhes ddestlus ar y silff uwchben y sinc.

Daeth neges i'w ffôn oddi wrth Branwen.

'*Tyrd draw. Rhywbeth arall wedi digwydd. Cer i'r cwrs golff. Fi ddim yno. Cyfarfod mawr gen i. Tyrd i'r swyddfa ganol dydd.*'

'*OK*,' ymatebodd Arthur.

Doedd Doug Ellis ddim yn falch o weld Vauxhall Arthur yn cyrraedd maes parcio'r gwesty.

'Ffycin Sherlock wedi cyrraedd,' meddai wrth Sarjant Murphy.

Roedd Murphy yn un o edmygwyr mwyaf ei gyn-insbector, er iddynt fynd benben â'i gilydd sawl gwaith yn y gorffennol. Barnodd mai peidio ag ymateb i'r sylw oedd ddoethaf. Wedi'r cwbwl, roedd Goss yn berson o sylwedd yn y Berig yn ôl pob sôn, ond nid oedd am bechu yn erbyn ei fòs newydd ychwaith.

'S'ma'i, Doug, Sarjant Murphy. Datblygiadau?' holodd Arthur wrth gerdded tuag atynt o'i gar.

'Shwt ma'i,' meddai'r ddau yn unsain.

'Ewch i weld,' meddai Doug Ellis gan gyfeirio at y cwrs golff.

'*Come on*, bois. Mae hi'n oer ac mae'n *chest* i'n ddrwg.'

'Rhywun wedi gweld yn dda i ysgrifennu ar grîns un, dau a thri efo stwff lladd chwyn,' meddai Murphy wedyn.

Doedd Doug Ellis yn amlwg ddim yn fodlon fod yr wybodaeth wedi cael ei chyflwyno iddo mor hawdd.

'Be sgwennodd o?'

'DCJ,' meddai Murphy wedyn, er bod Doug Ellis yn sgyrnygu braidd. 'D ar un, C ar dau a J ar tri.'

'Ysgrifen daclus, Doug?' holodd Arthur.

'Ha blydi ha, Goss,' atebodd yntau, gyda'r 'Goss' yn hytrach nag 'Arthur' yn tanlinellu ei anfodlonrwydd â'r sylw gwamal.

'Unrhyw *leads*?'

'Ddim 'to. So ni ond newydd gyrraedd 'ma ein hunen.'

Roedd y pwysau o gyfeiriad Daliadau'r Berig, ei uwch-swyddogion, trigolion y dref a'r wasg yn amlwg yn cael effaith ar yr insbector newydd. Roedd y diffyg atebion i'r amryw gwestiynau wedi ysgogi beirniadaeth eithaf crafog yn y *Western Mail* a'r *Daily Post*, ac nid oedd fawr nes at ddarganfod pwy oedd yn gyfrifol am y 'Dinistr ym Mharadwys', fel y'i galwyd yn *Y Cymro*.

'Jest i fod yn glir, Goss, ni sy'n rhedeg yr ymchwiliad hyn, nage ti, olreit?'

Gwingodd Murphy ryw ychydig wrth glywed y sylw.

'Iawn. Dim ond meddwl cynnig rhyw wybodaeth ychwanegol fydd o help oeddwn i,' meddai Arthur. Roedd wedi penderfynu hysbysu'r heddlu ynghylch y plu rhag cael ei gyhuddo maes o law o beidio â datgelu tystiolaeth bwysig, ond ni chafodd gyfle.

'Pan fyddwn ni eisiau eich help chi, Goss, fe wnawn ni ofyn. Reit?'

'Reit, Doug. Loud and clear.'

'Iawn,' meddai Doug Ellis, a chamu i gyfeiriad car heddlu cyfagos. Cododd Murphy ei ysgwyddau, ysgwyd ei ben a'i ddilyn. Gadawodd y car yn fuan wedyn.

Cerddodd Arthur i gyntedd y gwesty. 'Glesni o gwmpas?' holodd wrth y dderbynfa.

'Pwy sy'n gofyn?' daeth llais Glesni wrth iddi ymddangos o'r swyddfa gefn. 'O helô, Mr Goss,' meddai hi wedyn. Roedd hi'n ymwybodol o'r berthynas rhyngddo ef a Branwen, fel pawb arall.

'DCJ yma?' holodd Arthur.

'Na. Ma' fe wedi mynd i gwrdd â Branwen, yn y swyddfa ganolog, fi'n meddwl.'

'Tan pryd mae o'n aros?'

'Ma' fe wedi bwcio'r wythnos gyfan, ond ma' fe'n sôn am adael dydd Llun.'

'Yr heddlu wedi bod yma'n holi yn barod, siŵr gen i,' meddai Arthur.

'Na, ddim eto. Ro'n nhw'n dweud y bydden nhw'n ôl.'

'Wela i,' meddai Arthur a chodi ei aeliau. 'Jest un neu ddau o gwestiynau.'

'Fire away, Mr Goss.'

'Unrhyw un wedi gweld unrhyw beth allan ar y cwrs neithiwr?'

'Heb weld na chlywed dim. Fi wedi holi pawb.'

'Pwy fase'n gwybod bod Mr Jones yn aros yma?'

'Pawb. Mae tipyn o palafar yma bob tro ma' fe'n dod.'

'Pwy fase wedi cael gwybod cyn ddoe?'

'Pawb. Mae palafar yn cymryd amser. Cwpwl o ddyddie o leia.'

'Oeddech chi'n sicr ei fod o'n cyrraedd ddoe?'

'Oedden.'

'Sut?'

'Ffonodd Osian fi i roi ETA.'

'Diddorol,' meddai Arthur yn feddylgar.

'Unrhyw beth arall, Mr Goss?'

'Na, digon am y tro. Diolch. Be wnewch chi am y grîns?' holodd wrth ymadael.

'Tyrff yn ôl y *groundsman* ond so fe'n cael dechrau trwsio pythach tan i'r heddlu orffen. Ma' fe'n eitha crac.

Ydy hyn rywbeth i'w wneud â'r pythach eraill sy wedi bod yn digwydd ambwytu'r dref?'

'Anodd dweud, Glesni. Pwy a ŵyr?' atebodd Arthur, yn ceisio bod yn ddigon amwys wrth fynd tua'r drws, ond gwyddai Glesni'n iawn, fel y gwyddai gweddill pobl y dref.

Tynnodd Range Rover newydd sbon y tu allan i'r cyntedd a chyflwynodd y gyrrwr yr allweddi i Chuck. 'For Mr Jones?' holodd.

'You Mr Jones?'

'No, but my boss is. Anything to sign?'

'Nope. All sorted. You the named driver, a Mr Connell?'

'Yep, that's me.'

'Automatic as you requested. Remember we drive on the left here,' meddai'r gŵr ychydig yn sarhaus.

Roedd ei hiwmor wedi mynd dros ben Chuck.

Dychwelodd Arthur i'r maes parcio. Oddi yno gallai weld dau heddwas wrth un o'r grîns: un yn tynnu lluniau a'r llall ar ei bengliniau yn torri tywarchen o'r pridd halog o amgylch y twll.

Gallai Arthur fynd i'r swyddfa ddiogelwch heb fynd yn agos at y prif swyddfeydd. Oddi yno y trefnid pob agwedd ar ddiogelwch – parcio, casglwyr sbwriel, achubwyr bywyd y traeth, a'r swyddogion diogelwch. Roedd nifer sylweddol o sgriniau yn yr ystafell ac arnynt gwelai Arthur luniau o'r dref, cyffelyb i'r rhai a welai ar ei gyfrifiadur ef trwy gyfrwng ei ddolen gyswllt gudd i'r sgriniau a wyliai Carwyn. Trueni na allai newid o un olygfa i'r llall, meddyliodd. Dylan a Medi oedd ar ddyletswydd heddiw. Roedd Medi'n gwylio gweithgarwch yr heddlu o amgylch y dref a Dylan yn canolbwyntio ar ei liniadur.

'Chi'n gweld popeth o'r fan hyn,' meddai Arthur wrth ddod trwy'r drws.

'Bron, ond ddim popeth.'

'Wedi gweld rhywbeth neithiwr?'

'Dim byd eto. Dyna beth wi'n wneud nawr yw mynd trwy'r lluniau stôr. Neb mas. Mae'r heddlu wedi bod yma'n barod yn holi. Dim byd allen i ddweud wrthyn nhw chwaith. Roedd camera yn edrych tuag at y gwesty a'r cwrs golff. Allen ni weld rhywbeth yn symud ond roedd hi'n llawer rhy dywyll. Ddim help o gwbwl, mae gen i ofn,' meddai Dylan. Roedd llygaid Medi wedi eu hoelio ar y sgriniau hefyd.

'Dal ati,' meddai Arthur a throi i adael y swyddfa. Cerddodd i'r brif swyddfa ac at ddesg Rachel.

'Y cyfarfod ar fin gorffen?' holodd.

'Sai'n gwybod. Maen nhw wedi bod mewn 'na am beth amser nawr.'

'Pwy sy yno?'

'Jest Branwen, DCJ a rhyw fachan tal.'

'Fe ddo i yn ôl,' meddai Arthur gyda winc at Rachel. Nid oedd gwerthfawrogiad i'r winc. Effeithlon a ffurfiol oedd hi. Aeth Arthur i eistedd ar y fainc y tu allan i'r swyddfeydd.

Yn fuan wedi i Arthur ymadael, ymddangosodd Lee trwy'r drws. Gwenodd Rachel yn gwrtais arno.

'Nearly finished?' holodd hi.

'Bron â gorffen,' meddai Lee.

Synnodd Rachel at ei Gymraeg. 'O,' meddai. Gadawodd yr Americanwr a Rachel yn gegrwth.

Gwyliodd Arthur y dieithryn yn gadael y swyddfa ac yn cerdded i gyfeiriad y gwesty.

Agorodd y drws unwaith eto ac ymddangosodd Ceredig a Branwen.

'Alla i ond ymddiheuro unwaith eto. 'Dyw e ddim wedi bod yn llawer o groeso i ti,' meddai hi.

'Paid â phoeni, Branwen. Mae croen fel rheino 'da fi.' Roedd Rachel yn synnu cystal oedd ei Gymraeg yntau.

'A diolch unwaith eto am y blodau.'

'Cinio heno yn y gwesty?'

'Galla i wneud yn well na hynny,' meddai Branwen. 'Fe ga i Margaret i baratoi un o'i *cordon bleu specials* i ti yn y bwthyn i drio gwneud rhyw fath o iawn. Saith o'r gloch?'

'Waw! Saith o'r gloch yn iawn. Fe fydda i'n edrych ymlaen,' meddai Ceredig a rhoi cusan ysgafn ar foch Branwen cyn gadael. Cododd hithau ei llaw arno.

Roedd Rachel yn syllu arni a sylwodd Branwen ar yr olwg o syndod ar ei hwyneb. 'Beth?' meddai Branwen a chodi ei hysgwyddau ag ystum diniwed.

Cododd Ceredig ei ffôn yn y cyntedd a deialu. 'Five minutes outside the office, Chuck.' Camodd i'r awyr iach a mynd i eistedd wrth ymyl Arthur ar y fainc i aros a gwylio'r gwylanod yn chwyrlïo. Ni siaradodd â'r gŵr diarth wrth ei ochr. Cyrhaeddodd Chuck yn y Range Rover. Cododd a gadael. Gwyddai Arthur yn iawn pwy ydoedd.

'Chi mewn yn y fan yna?' holodd Lee, gan wenu'n awgrymog ar Ceredig pan gyrhaeddodd gyntedd y gwesty.

'Wyddost ti ddim 'da menywod ond fe fyddai'n uniad defnyddiol iawn,' meddai Ceredig gan roi crechwen awgrymog yn ôl, a gwthio'i dafod allan fel neidr yn sawru'r awyr wedyn. 'Fe fyddi di'n bwyta ar ben dy hun heno.'

'O, rwy'n deall,' meddai Lee.

'Ga i fynd i mewn?' gofynnodd Arthur i Rachel.

'Popeth wedi cwpla,' atebodd hithau.

'Wn i. Fe welais i nhw'n gadael.'

Cododd Rachel y ffôn. 'Arthur yma,' meddai hi. 'Iawn, ewch i mewn,' ychwanegodd.

'Materion y deyrnas wedi dod i ben?' holodd Arthur wrth ddod i mewn i'r swyddfa.

'Am y tro,' meddai Branwen. 'God, mae'r Insbector Ellis 'na'n rêl rhech, on'd yw e! Dw i ddim yn gallu cael unrhyw sens allan ohono fe. Oes 'da ti unrhyw newyddion am *public enemy number one*? Mae'r dre'n wenfflam. Mae pobl wedi dechrau cloi eu drysau am y tro cynta ers ache. So nhw'n mynd allan yn y nos chwaith.'

'Mae syniade gen i,' meddai Arthur.

'Syniade? Dal y diawl sy isie.'

'Wn i.'

'Beth yw'r syniade, 'te? Mae'r buddsoddwyr bychain yn mynd yn boncyrs hefyd. Pawb moyn gwerthu. Lwcus bod Ceredig yn fodlon eu prynu nhw mas. Bydd Lee sy 'da fe yn aros i wneud y trefniadau cyfreithiol,' meddai Branwen.

'Mi fydd o'n cael gostyngiad sylweddol efo'r panic i gyd, 'swn i'n meddwl,' meddai Arthur.

'Wn i ddim, ond rhyngon nhw a Lee fydd hynny.'

'Ti'n gwybod mai DCJ biau Orgraff a Caled Cement, on'd wyt?' meddai Arthur ar ôl eiliadau o ddistawrwydd.

'Na.'

'Ie. Bydd di'n ofalus efo dy angel gwarcheidiol di. Gwna dy syms,' meddai Arthur gan swnio braidd yn dadol.

'Be ti'n feddwl? Mae Ceredig yn fachan OK, ac mae lot fawr o arian 'da fe, a ma' fe'n llenwi'r bwlch yn nêt,' meddai Branwen gan eistedd yn ei chadair yn feddylgar.

'Rhywbeth arall yn dy boeni di?' holodd Arthur.

'Mae Eirlys wedi dweud wrtha i ei bod hi moyn gwerthu ei chyfran hi o'r busnes hefyd.'

'O. Ti wedi dweud wrth Ceredig?' holodd Arthur.

'Na, ddim eto.'

'Wedi dweud wrth rywun arall?'

'Na, dim ond Rhys yn y banc. Roeddwn i'n holi ble gallwn i gael yr arian i'w phrynu hi mas.'

'Fydd o'n dweud?'

'Na.'

'Siŵr?'

'Ydw.'

'Gest ti'r pres?'

'Na. Sai'n siŵr.'

'Dal dy ddŵr cyn gwneud dim byd yn fyrbwyll,

ddweda i,' meddai Arthur. 'Ddim ei fod o'n ddim byd i'w wneud efo fi, wrth gwrs,' ychwanegodd yn frysiog.

'Dyna ti, opto mas eto,' meddai Branwen.

Nid oedd Arthur am ddilyn trywydd y sgwrs honno, felly caeodd ei ben.

'Beth am y syniade 'ma, 'te?' holodd Branwen wedyn.

'Dw i'n dal fy nŵr efo'r rheini hefyd.'

'Pam?'

'Dim ond syniade ydyn nhw.'

'Grêt! Ti fawr gwell na'r Insbector Ellis 'na. Pam ddest ti yma?'

'Ti anfonodd y neges.'

'O ie.'

'Angen tipyn o TLC? Ddo i draw heno os ti isio.'

'Na.'

'O? Mwy o *affairs of state*?'

'Rhywbeth felly,' meddai hi yn ddigon annelwig.

'Brechdan amser cinio?' holodd Arthur.

'Rachel yn dod â brechdan i mewn i mi, sori.'

'Wela i,' meddai Arthur â gwên oedd yn anghyfforddus o bleserus. 'Ta ta am y tro, 'te,' meddai wedyn wrth adael.

Wedi iddo gau'r drws, rhoddodd Branwen ei phen yn ei dwylo.

Yn hwyrach y noson honno, ar ei gyfrifiadur, gwelodd Arthur y Range Rover yn cyrraedd bwthyn Branwen. Gwyliodd Ceredig yn dod ohono a Branwen yn ei gyfarch â chusan ysgafn wrth y drws. O bellter y camera gallai weld ei harddwch naturiol. Roedd y dillad a wisgai yn cyfleu ei rhywioldeb i'r dim. Credai Arthur y gallai weld y minlliw coch yn disgleirio'n wlithog ar y gwefusau a'i hatynnodd ef i'w swyn hi. Diffoddodd y sgrin trwy wasgu'n chwyrn ar y botwm *escape*. 'Affairs of state*, myn diawl!' meddai'n flin.

Aeth i'r ffrij a thynnu potel wisgi oddi yno ac arllwys hanner llond gwydraid a llenwi'r gweddill â dŵr o'r tap. Oedodd cyn yfed. Nid oedd wedi gwneud hyn ers misoedd lawer.

Gadawodd Branwen i Margaret fynd wedi iddi hi ddod â'r coffi yn glo ar y *cordon bleu special* roedd hi wedi ei arlwyo ar eu cyfer.

'Wedi tynnu'r stops i gyd mas heno, Marg. Bendigedig,' meddai. 'Gad y llestri tan y bore.'

'Bendigedig, wir. Diolch, Margaret. Dim byd gwell na chig eidion Cymreig. A'r sos, mmmm,' meddai Ceredig a'r ystum cusan â'r llaw yn dynodi blas amheuthun.

'Diolch, Syr,' meddai Margaret.

'*C'red* yn gwneud y tro yn iawn, Margaret.'

'OK, *C'red*,' meddai hithau gan bwysleisio'r enw, cyn cilio i'r gegin gydag edrychiad awgrymog tuag at Branwen.

Gallai'r drafodaeth rhwng Branwen a Ceredig fod yn llai ffurfiol wedi iddi fynd. Clywsant y drws yn cau a'i char yn gadael.

Gadawodd Branwen i Ceredig siarad. Cadw at bethau mwy personol wnaeth e. Nid oedd am i fusnes y Berig fod yn rhy amlwg yn eu hymgom. Clywodd Branwen am ei ddwy briodas flaenorol a faint gostiodd ei ysgariadau iddo. Ymhelaethodd am ei deimladau rywfaint ond teimlai Branwen mai'r gost ariannol oedd flaenaf yn ei feddwl. Roedd dau o blant ganddo a dim ond yn achlysurol y gwelai nhw gan mai gyda'r ddwy fam y trigent. Roedd llawer o debygrwydd rhwng ei hynt priodasol ef a'i hynt hithau, ond wnaeth hi ddim ymhelaethu ar ei hanes ei hun. Deallodd Branwen yn fuan beth oedd hyd a lled ei ymerodraeth fusnes a beth oedd potensial hwn i drawsnewid hynt y Berig. Roedd ei gynlluniau dros y dŵr wedi bod yn helaeth, yn arloesol ac yn arbennig o lwyddiannus. Roedd casinos, gwestai, parciau hamdden a hyd yn oed sw i gyd dan ei adain yn graidd i'r busnes, y cyfan dan yr enw Credit Holdings. Roedd wedi dechrau ymestyn i gywain busnesau eraill mewn sawl gwlad i'w ysguboriau, ac roedd Credit Hotel wedi ymddangos mewn sawl prifddinas yn ddiweddar. Nid ymhelaethodd ar unrhyw fwriad oedd ganddo ar gyfer y Berig pe câi ei ffordd, ysywaeth. Câi hynny aros.

Roedd ei gyfoeth personol wedi deillio o werthu cyfranddaliadau ar y farchnad stoc, ond cadwodd 51% er mwyn cadw rheolaeth. Sicrhaodd y gwerthiant y byddai'n cael ei gynnwys ymysg cyfoethogion rhestr Forbes.

'Sut wyt ti'n cael yr amser i wneud hyn i gyd?' holodd Branwen.

'Dydw i ddim yn gwneud llawer. Sicrhau bod eraill yn gwneud eu gwaith fydda i, a bod yn rhywun sy'n amgyffred y cyfan er mwyn gwneud penderfyniadau doeth. Apwyntio staff yn ddoeth ydy'r man cychwyn, a'u trin nhw'n iawn wedyn i'w cadw nhw ar fy ochr i ac yn deyrngar i'r cwmni.' Roedd ei eiriau yn adlais o gyngor Gruffudd ers talwm.

'Sut wyt ti'n cael yr egni?' oedd ei chwestiwn nesaf.

'Obsesiwn,' meddai. 'Obsesiwn ag arian. Ddim ar gyfer yr hyn mae'n gallu ei brynu i mi ond er mwyn cadw'r sgôr. Dyna yw mesur fy llwyddiant. Dydy'r awyren a'r *yacht* a'r palas sy gen i yn Baltimore na'r tranglins eraill sy'n dod yn sgil cyfoeth ddim mor bwysig. Maen nhw'n neis, ydyn, ond y cynnydd sy'n bwysig, y datblygiad, a'r ennill.'

'Ydy'r Berig yn rhan o'r obsesiwn?'

'Ydy, ond ddim yn yr un ffordd.'

'Wyt ti'n colli weithiau?'

'Ambell frwydr, ydw, ond rwy'n ennill y rhyfel yn y pen draw, bob amser. Dyna sy'n cadw'r adrenalin i fynd.' Oedodd am eiliad feddylgar. 'Ond mae'n gallu bod yn unig. Rwy wedi bod trwy ddwy briodas ac mae'r ddwy wedi dod i ben am nad oedd cydbwysedd. Mae hi'n anodd dod o hyd i bobl all gadw'r balans yn wastad gyda fi.'

'Wyt ti'n hapus?'

'Anodd dweud, ond rwy'n gwybod beth fyddai'n fy ngwneud i'n hapusach.'

'Beth yw hynny?' holodd Branwen a chymryd llwnc o'i gwydraid gwin.

Nid atebodd Ceredig y cwestiwn yn syth, dim ond codi ei wydryn ei hun a chyffwrdd â'i un hi. 'Cyswllt â bro fy mebyd a darganfod rhywun all gadw'r balans.'

Gwridodd Branwen ryw ychydig.

'You move right along, don't ya,' meddai hi gyda gwên.

'Tuesday Weld, ym mha ffilm?'

'Mae West roeddwn i'n feddwl. Ond popeth mewn da bryd, ife?'

'Os ti'n dweud,' atebodd Ceredig, a chyffwrdd ei gwydryn hi â'i wydryn ef unwaith eto.

Roedd hwn yn ticio'r blychau i gyd, meddyliodd Branwen. Dyn golygus, sensitif a chanddo'r ddawn i gyfareddu, ac ar ben hynny roedd yn berson cryf â llwyth o arian yn y banc. Gallai hwn swyno unrhyw fenyw a byddai'n datrys ei holl broblemau hi, dim ond iddi ildio iddo. Roedd y demtasiwn yno ond roedd rhywbeth ar goll, a doedd hi ddim yn gyfarwydd ag ildio.

Ni welodd Arthur y Range Rover yn cyrraedd tua hanner nos a Branwen yn rhoi cusan ysgafn i Ceredig wrth y drws. 'Allwn ni wneud yn well na hynny,' oedd ei eiriau a chydiodd ynddi a rhoi cusan fwy blysiog iddi. Ni fyddai Arthur wedi gallu dweud pa mor frwdfrydig oedd hi yn y weithred.

'Does dim rhaid i mi fynd yn ôl i'r gwesty, ti'n gwybod,' meddai Ceredig, a gafael yn Branwen unwaith eto a'i chusanu am yr eildro. Llyfodd ei gwefus uchaf hi ac edrych yn syth i'w llygaid. Gwasgodd ei gorff yn dynn at ei chorff hithau. Roedd yr hylifau rhywiol yn llifo'n wyllt trwy ei gorff. Roedd yr hylifau'n cronni ynddi hithau hefyd, ond doedd rhywbeth ddim yn iawn.

'Na,' meddai hi'n sydyn. 'Ddim nawr,' meddai wedyn a thynnu'i hun oddi wrth ei ymwthio.

'Iawn,' meddai Ceredig a datod ei freichiau

oddi amdani. 'Ond mae fy mwriad i'n glir.' Roedd penderfyniad ac elfen o galedwch yn ei lais. 'Rhywun arall yn y ffordd?' holodd.

Nid atebodd Branwen, a throdd Ceredig at Chuck oedd yn aros yn amyneddgar yn y Range Rover. 'Wela i di yn y bore,' meddai hi.

Trodd Ceredig yn ôl i edrych arni a gwenu cyn mynd i mewn i'r cerbyd. Nid oedd am arddangos ei ddicter na'i siom.

Safodd Branwen wrth y drws wedyn a chwifio'i llaw arno wrth iddo adael.

Roedd Lee wrth y bar pan gyrhaeddodd Ceredig. Roedd Carys, a gâi ambell shifft y tu ôl i'r bar dan hyfforddiant, wedi bod yn gwenu'n deg ar Lee trwy'r nos. Os oedd Ceredig allan o'i chyrraedd, efallai fod gwell siawns ganddi gyda'i 'sidekick', fel y'i galwodd hi ef. Bu'n glust awyddus i'r gŵr ifanc tra llyncai yntau sawl Martini wrth y bar wrth i'r noson fynd yn ei blaen.

Cododd ei fawd yn awgrymog ar Ceredig wrth iddo ddod i mewn i'r bar.

'Popeth mewn da bryd,' meddai Ceredig braidd yn sur. 'Brandi, plis,' meddai wrth Carys. 'Make that a double. Yr un yna, o America,' meddai gan gyfeirio at un o'r poteli y tu ôl i'r bar. 'Ddim y stwff Ffrengig 'na.'

Cyflwynwyd y brandi iddo gan Carys yn ei dull defodol gorau â mat dan y gwydr. Yfodd Ceredig y cynnwys mewn un llwnc ac ymadael am ei wely.

'Rhywbeth a ddwedais i?' gofynnodd Lee i Carys yn ei acen Harvard ffurfiol.

Nid atebodd Carys. Buasai'n ddigon parod i gynnig ei barn fel arfer, ond nid y tu ôl i'r bar oedd y lle i fynegi barn yn ôl y cyfarwyddyd a gafodd hi yn ystod ei hyfforddiant ar gyfer ei rôl newydd.

'Pryd wyt ti'n gorffen?' holodd Lee wedyn.

'Pan wyt ti'n gorffen,' meddai hi. 'Neb arall i'w syrfo.'

'Fe arhosaf fi tan hynny felly.'

'Os ti moyn,' atebodd hithau â gwên a throi at sychu'r bar.

'Mae menywod mewn gwasgod dynn yn ofnadwy o rywiol, wyt ti'n gwybod,' meddai Lee braidd yn feddw, gan gyfeirio at ei lifrai swyddogol hi.

'Beth, fel fy un i?' meddai Carys gan bwyso ymlaen yn gellweirus ar y bar, ac un o'i bronnau swmpus ar gefn llaw Lee yn wahoddiad diamwys. Gwyddai nad oedd fflyrtan â chwsmeriaid yn rhan o'i swydd-ddisgrifiad, ond ddôi cyfle fel hwn ddim heibio bob dydd.

Roedd Lee yn glafoerio yn barod.

Wedi cau'r bar yn gynnar, diflannodd y ddau i'w ystafell ef a gadael i'r gofalwr nos gloi. Go wantan fu ymdrechion carwriaethol Lee, er i ymdrechion Carys i godi ei archwaeth ac i roi blas ar y profiad fod yn hynod egnïol. Roedd y Martinis wedi cael eu heffaith. Erbyn y bore pan ddeffrôdd Lee, roedd hi wedi mynd. Roedd dyletswyddau brecwast ganddi. Gallai freuddwydio am y tro am daith i America mewn hofrennydd ac awyren breifat, a hithau'n codi'i llaw ar ei chyfoedion wrth ymadael am oleuadau llachar y dinasoedd yno.

Pennod 9

Nid oedd awgrym o flinder ar wyneb Carys wrth arlwyo brecwast i Ceredig a Lee y bore wedyn, er bod Lee yn edrych braidd yn dila. Ni ddywedwyd un gair am eu cyfathrach y noson cynt. Prin yr edrychodd Lee arni, dim ond diolch pan arllwysodd ei goffi.

'Brysur neithiwr?' holodd Ceredig gyda winc.

'Gwneud pethau twp ar ôl Martinis, C'red.'

Clywodd Carys y sylw o hirbell wrth arllwys te ar fwrdd arall. Diflannodd ei breuddwydion fel y stêm o'r tebot.

*   *   *

Doedd dim golwg rhy lewyrchus ar Arthur yn ei byjamas pan agorodd ddrws ei garafán i Price y bore wedyn.

'Tyrd i mewn a paid â gofyn,' meddai gan ymestyn am botel parasetamol.

'Ar y pop neithiwr, Syr?'

'Difaru rŵan. Ddim yn cael hangofers fel hyn ers talwm,' meddai Arthur gan lyncu'r tabledi â sloch sylweddol o ddŵr. 'Paid â disgwyl gormod o sens.'

'Unrhyw reswm?' holodd Price.

'Pethe. Paid gofyn ddwedes i.'

'Iawn, Syr. Unrhyw ddatblygiadau?'

'Llythyr arall bore ddoe,' meddai Arthur a phwyntio at y bedwaredd amlen yn y rhes ar y silff. 'Rhaid ei fod o wedi ei anfon o *cyn* y gwaith Picasso ar y cwrs golff. Glywest ti am hwnnw?'

'Do,' meddai Price yn tynnu'r darn papur o'r amlen. 'Mae hwn yn dipyn o showman, on'd ydy?' meddai gan droi'r bluen yn ei law.

'O ydy.'

'Pwy yw e?'

'Neu nhw,' meddai Arthur, yn ceisio ysgwyd effaith wisgi'r noson cynt o'i ben. 'Mae o'n meddwl am *grand finale* yn ôl y "... 5?" yna.'

'Syniadau, Syr?'

'Oes.'

'Pwy?'

'Rhy gynnar. Dw i eisio gwybod pwy sy efo fo. Pwy ydy'r adar? Oes yna rywun tu cefn iddo fo? Sut mae o'n cael ei wybodaeth? Mae hi'n eitha amlwg pam mae o wrthi. Mae o ar ryw fath o grwsâd yn erbyn DCJ. Mr Blydi Carisma o America. Sut oedd o'n gwybod ei fod o'n dod? Dydy pobl gyffredin y Berig ddim yn gwybod be ydy gweithgareddau'r buddsoddwyr, na pwy ydyn nhw o ran hynny. Roedd y llythyr yna wedi ei anfon pan oedd Dafydd Ceredig ffycin Jones ar ei ffordd.'

'Chi ddim yn ffan mawr ohono *fe* chwaith felly.'

'Na. Mae hyn i gyd yn malu enw da'r Berig ond mae

o'n ofnadwy o handi i ddod â phris y cyfranddaliadau i lawr.'

'Pwy fydde'n gwybod fod DCJ yn dod?'

'Pawb sy'n gweithio yn y gwesty, ambell un yn y swyddfa a'r bois seciwriti.'

'Neb arall?'

'Os nad oedd un o'r rheini wedi dweud wrth rywun.'

'Pam mae e'n anfon y llythyrau atoch chi?'

'Showman. Dangos ei hun. Mae'r peth fel rhyw fath o ornest iddo fo, a fi ydy ei wrthwynebydd o. Mae'r "... 5?" yna yn rhyw fath o her i mi. Dyna pam ychwanegodd o'r marc cwestiwn. Fedra i ddyfalu ei gam nesa fo? Mae o'n gwybod pwy ydw i. Mae o bron eisio i mi ei ddal o.'

'Chi'n ei adnabod e?'

'Mae'r ddau ohonon ni wedi cwrdd.'

'Pwy, 'te?'

'Rhy gynnar. Fedra i brofi dim, ddim tan rif pump. A paid â meddwl am ddod â dy gafalri di i mewn i'r potes chwaith neu mae peryg i chi sbwcio'r diawl a ddaliwn i mono fo. Ti'n deall?' meddai Arthur yn bendant a'r parasetamol yn dechrau cael effaith.

'Iawn, Bos,' meddai Price. 'Oes syniad 'da chi pryd mae o'n debygol o gyflawni rhif pump?'

'Faswn i'n fodlon betio mai nos Sul nesa fydd o. Mae cyfarfod pwysig o'r buddsoddwyr mwya dydd Sadwrn. Mae DCJ yn mynd adre ar y dydd Llun. Mi fase dydd Sul yn rhyw anrheg ffarwél iddo fo. Ond does dim dal.'

'Diddorol,' meddai Price.

'Wyt ti wedi bod o gwmpas y Berig, Price?'

'Naddo. Wedi cadw allan o'r ffordd. Gormod o'r heddlu lleol yma'n fy adnabod i.'

'Ti'n rêl help, on'd wyt ti?'

'Jest yma rhag ofn, Syr.'

'Grêt!'

'Nyrsiwch y pen tost yna. Fe fydda i mewn cysylltiad. Dydd Sul chi'n dweud,' meddai Price cyn gadael.

Roedd brest Arthur yn dynn a chymerodd ddracht o'i bwmp cyn troi'n llesg at y gawod. Edrychodd yn hir arno'i hun yn y drych ar y cwpwrdd uwchben y sinc. Doedd hi ddim yn olygfa bert.

*   *   *

'Unrhyw lwc?' gofynnodd Branwen i Rhys, rheolwr banc y Ddafad Ddu.

'Tipyn ond dim chwarter digon,' atebodd.

'Rhesymau?'

'Wel, i ddechrau, dydy bois y ddinas ddim yn ein cydnabod ni fel banc go iawn. Mae 'da nhw bwynt mewn ffordd. Rhyw fath o gadw-mi-gei ydyn ni o gymharu â'r banciau mawr. Does dim digon o gyfalaf sbâr ganddon ni ac mae hwnnw'n dechrau edwino rhywfaint.'

'A?'

'Mae helynt diweddar y Berig wedi cael effaith andwyol ar ein henw da ni. Dydyn nhw ddim yn meddwl ein bod ni'n werth y risg, a phetaen nhw mi fyddai'n cyfradd llog ni'n boenus o uchel.'

'Mae ganddon ni ddigon o asedau'n gefn i ni?'

'Oes, ond mae gwerth rheini'n disgyn fel plwm ar hyn

o bryd. Roedd erthygl yn y *Guardian* a'r *FT* amdanon ni. Welsoch chi nhw?'

'Naddo.'

'Mae yna elfen o newyddion da yn hynny o beth.'

'Dere â rhywfaint o gysur i mi.'

'All Eirlys ddim disgwyl cael y pris mae hi'n ei ofyn. Fe fyddai deng miliwn yn llai yn bris tecach.'

'Pum miliwn ar hugain? *Pah*, dim problem felly!'

'Dydy'r ffaith ein bod ni heb gael benthyg o'r blaen ddim yn help chwaith. Does 'da ni ddim trac record o dalu 'nôl. Rhyw fath o *catch 22*.'

'O.'

'O ran diddordeb, fe ges i gynnig i symud i weithio i un ohonyn nhw.'

'O! A ...?'

'Fe wrthodes i.'

'Diolch i'r drefn am hynny,' meddai Branwen.

'Ond waeth i mi ddweud nawr, roedd hi'n demtasiwn.'

'Ti ddim yn hapus 'da ni?'

'Ydw, ond mae'r byd ariannol fel y byd pêl-droed. Dydy mynd i lawr 'da clwb ddim yn gwneud llawer o ddaioni i enw da'r rheolwr.'

'Ti'n aros ar y bad felly.'

'Ydw.'

'Ond os yw'r bad yn suddo?'

'Pwy a ŵyr?' meddai'r rheolwr a chodi ei ysgwyddau.

'Grêt, ti wedi codi 'nghalon i'n arw bore 'ma, Rhys.'

'Mae'n ddrwg 'da fi ddod â newyddion drwg, Branwen.'

'Mae'n iawn. Diolch, Rhys.'

Wrth iddo godi i ymadael, canodd y ffôn.

'Oes munud 'da ti, Branwen?' daeth llais Osian.

'Oes, tyrd i mewn.'

O fewn eiliadau, roedd Osian yno. 'Newydd dderbyn cadarnhad,' meddai, gan ddangos argraffiad o e-bost. 'Ein contract 'da Meat Co. yn dod i ben. Maen nhw'n tynnu mas.'

'Nhw yw'n prif gyflenwyr ni i'r archfarchnadoedd i gyd.'

'O ie. Hebddyn nhw mae hanner ein busnes cig ni'n mynd.'

'Pam?'

'Fe siarades i â Domenic ar y ffôn heddi. Mae'n ymddiheuro'n llaes ond yn dweud nad oedd 'da fe ddim dewis.'

'Grêt!' meddai Branwen a chodi ei dwylo i'r awyr.

'Rhywbeth am eiriad y papurau newydd a'r teledu yn sôn am 'blight' ac 'internal virus' yn gwneud dim daioni i werthiant cig, a'n hanes ni yma'n llawer rhy gyhoeddus,' meddai Osian.

'Fydd gwerthiant menyn a chaws yn debygol o ddioddef hefyd?' holodd Branwen.

'Ma' fe wedi dechrau'n barod,' oedd ymateb swta Osian.

Sigodd Branwen yn ei sedd ond nid oedd am ddangos y trallod oedd yn ei meddwl i Osian. Safodd yntau'n dawel yn ei gwylio. Anadlodd hithau'n drwm. 'Gad i mi gnoi cil dros hyn, wnei di, Osian? Gawn ni gwrdd prynhawn 'ma i drafod hyn cyn cyfarfod y buddsoddwyr yfory. Mae angen i ni feddwl a meddwl yn gyflym.'

'Iawn, Branwen,' meddai Osian, a gadael.

Edrychodd hi ar y llun o Gruffudd ar y wal gyferbyn â hi a chwythu gwynt o'i bochau. 'Chi wedi gadael coeled a hanner i mi, on'd do fe, 'Nhad, neu pwy bynnag y'ch chi.' Canodd ei ffôn symudol. Adnabu'r rhif.

'Brendan here,' daeth y llais.

'Hello, Brendan.'

'Thought you should know,' daeth y llais i lawr y ffôn. 'Ma died this morning.'

Doedd ei bore hi'n mynd ddim gwell. Wedi gorffen yr alwad, rhoddodd ei phen yn ei dwylo ac anadlu'n drwm. Wedi munudau hir cododd, aeth allan o'i swyddfa ac wrth basio Rachel, 'Mynd am awyr iach,' meddai.

✳   ✳   ✳

Pendronodd Arthur am gryn amser am beth i'w wneud. Roedd 'rhoi' ffidil yn y to â'r blydi lot' wedi mynd trwy ei feddwl. Wedi'r cwbwl, doedd dim cyfrifoldeb arno. Nid oedd ganddo swydd na chyflog oedd yn mynnu ei ymdrechion. Dim ond Branwen. Roedd y berthynas honno'n edrych yn sigledig iddo erbyn hyn. Nid oedd am loetran o gwmpas y Berig fel rhyw gi coll, penisel yn dilyn trywydd ei gariad yn ddiobaith. Haws fyddai cadw draw. Ni allai ddweud ei fod yn gwybod am y blodau a dderbyniodd hi gan Ceredig nac am y ffaith iddo ei weld yn cyrraedd ei bwthyn a hithau'n ei groesawu â chusan. Rhaid fyddai egluro sut y gwyddai am ymweliad Ceredig, a wnâi hynny ddim o'r tro o gwbwl.

Roedd y cur yn ei ben yn dechrau pylu. Edrychodd

ar y pedwar llythyr ar y silff uwchben y sinc. 'Reit 'te'r bastard,' meddai ar ôl tipyn. 'Os wyt ti am i mi dy weld di ac os wyt ti am fy ngweld i, felly bydd hi.' Cymerodd ddracht sylweddol o'i bwmp a chodi.

O fewn deg munud roedd wedi siafio a gwisgo ac roedd yn y Vauxhall ar ei ffordd i'r Berig. Arhosodd wrth ei flwch post a'i agor. Doedd dim byd ynddo. Prysurodd i'r Berig wedyn.

Ar ôl cyrraedd, agorodd ei freichiau'n llydan ar gefn y fainc yng nghanol y dref ac edrych ar y môr a'i donnau. Roedd y llanw ar ei ffordd i mewn a'r gwynt oddi arno braidd yn fain.

'Ti wedi dod am awyr iach fel fi,' meddai Branwen wrth ddod i eistedd wrth ei ochr wedi iddi ddod allan o'r swyddfa.

'Rhywbeth felly,' meddai Arthur, yn dal i edrych ar y môr. Roedd hi'n amlwg fod rhywbeth yn ei gorddi.

'Sori,' meddai hi.

'Am be?'

'Wel, dydw i ddim wedi bod yn yr hwyliau gorau yn ddiweddar.'

'Lot gen ti ar dy feddwl.'

'Heb weld lot ar ein gilydd chwaith,' meddai Branwen.

'Lot gen ti i'w wneud,' meddai Arthur yn eithaf fflat.

'Oes.'

'Dw i'n dal heb glywed dy hanes di yn Iwerddon eto'n iawn,' meddai Arthur, a throi i edrych arni gan feddwl y dylai dorri'r garw.

'Na. Lot i'w ddweud a dim amser.'

'Ia, am wn i.'

'Newydd glywed bod Siobhan, fy mam-gu newydd yn Iwerddon, wedi marw. Ddoe.'

'O.'

'Angladd wythnos nesaf.'

'O.'

'Ti am ddod?'

'Ti am i mi ddod? Wedi'r cwbwl, fydd yna fawr o groeso i mi yno, fel dwedest ti. Hen gopar a ballu.'

'Mae hyn yn wahanol. Maen nhw'n wahanol 'fyd.'

'Sut?'

'Angladd. Pobl neis, ddim dihirod. Mi fydde'n dda cael tacluso popeth. Gaet ti weld. Fe gwrddes i â nhw i gyd; wel, ddim y rhai yn America wrth gwrs. Rêl croeso. Clywed hanes y teulu i gyd. Roedd Ma... Siobhan... fy mam-gu, yn fenyw hynod.'

'OK,' meddai Arthur, a throi i edrych ar y gwylanod yn troelli dros y dŵr.

'OK beth?'

'OK fe ddo i. Pryd?'

'Wythnos nesa. Ddim yn siŵr pa ddiwrnod eto ond mae angen dipyn o amser i'r tylwyth o dros y dŵr gyrraedd.'

'Iawn,' meddai Arthur braidd yn fflat eto.

'Be sy'n bod? Ti'n dawedog iawn.'

'Meddwl ydw i.'

'Am beth?'

'Am ein ffrind sy'n trio malu popeth yma.'

'Ti ddim am adael tra ma' fe o gwmpas. Dyna beth sy, ondefe?' meddai Branwen.

'Nage. Fe ddaw diwedd ar ei antics o'r penwythnos yma.'

'Beth wnaeth i ti feddwl hynny?'

'Pryd mae Ceredig yn gadael?'

'Dydd Llun.'

'Ar gyfer neu yn erbyn DC blydi Jones mae hyn i gyd. Mae o eisio sioe fawr iddo fo cyn iddo fo fynd.'

'Mae angen ei ddal e.'

'Oes, ond pwy?' meddai Arthur yn feddylgar.

'Oes 'da ti unrhyw syniadau?' meddai hi, gan edrych yn syth at Arthur oedd yn parhau i edrych ar y tonnau.

'Oes, ond ...'

'Ond beth?'

'Ddim am ddweud eto.'

'Iesgyrn Dafydd, jest rhyw lygedyn o newyddion da fi moyn. Mae popeth yn mynd yn dipie mân o 'nghwmpas i a ti ddim help 'da dy "ddim am ddweud eto". Does gen i ddim gobaith codi'r arian i brynu Eirlys mas; ni'n colli contracts pwysig fydd yn golygu diswyddo pobl; mae gwerth y lle hyn yn mynd trwy'r llawr; mae'r diawl hyn yn achosi panic yn y lle 'ma fel rhyw firws ac mae fy mam-gu newydd wedi marw. Beth arall all ddigwydd?' meddai hi, a'r dagrau'n cronni yn ei llygaid.

Closiodd Arthur ati. 'Ddim fy musnes i ydy'r busnes ond mae pethau'n dy wthio di i un cyfeiriad,' meddai.

'I ble?'

'I'r gwely efo DCJ.' Roedd yn edifar ganddo unwaith iddo agor ei safn.

'Be ti'n feddwl?' meddai Branwen yn chwyrn.

'Yn ystyr busnes yr ymadrodd, wrth gwrs,' meddai Arthur, ond roedd hi'n rhy hwyr.

Cododd Branwen. 'Diolch, Mr Goss,' meddai hi yn hollol ffurfiol, a throi i gyfeiriad y swyddfa gan adael Arthur a'i frest yn tynhau yn yr awyr oer a'r tensiwn.

Arhosodd yn hir ar y fainc i aros am osteg i'w anadl ac i'w feddwl, oedd yn chwyrlïo. Rhaid bod y cwmwl dros ben Arthur yn amlwg. Aeth sawl un heibio ond ni stopiodd neb i siarad. Diolchodd Arthur am hynny. Ni fyddai croeso wedi bod i ymgom. Aeth Steff at ei gwch, y gweinidog i'w gapel, siopwyr a gweithwyr o bob math ar eu hynt, ac roedd sawl un wedi dod i fynd â'i gi am dro hyd y prom. Roedd yr heddlu'n amlwg o amgylch y lle. Nid oedd hedd bellach yn y Berig. Nid oedd sôn am Doug Ellis. Roedd hwnnw am gadw draw o olwg y cyhoedd.

Wedi rhyw hanner awr, cododd a mynd at ei gar. Roedd ei bresenoldeb wedi bod yn ddigon amlwg, meddyliodd. Gwyliodd Branwen ef yn gadael o ffenest ei swyddfa. Roedd Arthur yn iawn, meddyliodd, ond nid oedd am gyfaddef hynny.

Roedd Iori yn ei wylio o hirbell hefyd o'i gerbyd yntau. Plygodd ei ben i rolio sigarét wedi i'r Vauxhall fynd heibio. Roedd ei wyneb mor ddiemosiwn ag arfer. Gadawodd yn fuan wedyn.

* * *

Mewn da bryd ar gyfer swper, cyrhaeddodd Bentley a Mercedes y gwesty tua'r un amser. Derbyniwyd allweddi'r ceir gan y porthor o law'r gyrwyr er mwyn gallu cludo bagiau'r perchnogion i'w hystafelloedd a pharcio'r ddau gerbyd drudfawr yn ofalus. Roedd Ceredig a Lee yno i gwrdd â'r ddau westai newydd.

'Alwyn, Rob, croeso i'n nirfana fach ni ger y lli,' meddai Ceredig.

'Mae'n dda cael bod yn ôl,' meddai Alwyn.

'Siwrnai iawn?' holodd Ceredig.

'Tipyn bach o broblem ar yr M4 yng Nghasnewydd fel arfer, ond y traffig ddim yn rhy ddrwg heddi,' atebodd Alwyn.

'Problemau yn nirfana, glywais i,' meddai Rob.

'Ambell un, ond fe allwn ni eu troi nhw i'n mantais ein hunain, greda i,' atebodd Ceredig yn hwyliog. 'Cwrw bach cyn cinio?'

'Syniad go lew,' meddai Rob.

*   *   *

Ar ei ffordd adref yr âi Branwen i weld Carwyn fel arfer. Gwnaeth heno yr un modd, er ei bod ryw ychydig yn hwyrach nag arfer. Ei ddefnyddio fel modd i dacluso ei meddyliau a wnâi. Hi fyddai'n siarad ac yn dweud hanes y diwrnod. Ni wyddai a ddeallai ei brawd ddim o'r truth a gâi yn nosweithiol, ond roedd wedi dod yn fath o ddefod ganddi. Roedd digon ganddi i'w draddodi heno. Cyrhaeddai'r tŷ, gwnâi gwpanaid o goffi iddi ei hun yn y gegin, cyn mynd i fyny'r grisiau at ei brawd. Nid oedd yn siŵr pa nyrs oedd ar ddyletswydd heno.

Gwaeddodd i fyny'r grisiau wedi iddi gyrraedd. 'Helô, Branwen yma.'

'O, helô,' daeth llais Ethni o'i hystafell. 'Fydda i lawr mewn munud.'

Ymhen rhyw bum munud daeth Ethni i lawr y grisiau braidd yn ffrwcslyd. Nid oedd ei gwallt mor gymen ag arfer. 'Mae Mansel, ym... Mr Jenkins y gweinidog, 'da Carwyn. Dim brys.'

'Iawn,' meddai Branwen a pharhau i hwylio'i choffi. 'Neb arall wedi galw?'

'Na, dim ond Iori. Ma' fe'n galw bob dydd i'w weld e, chware teg. Mae'n cael effaith dda ar Carwyn. Maen nhw fel 'taen nhw'n deall ei gilydd rywsut. O, a rhyw fachan o BT. Problem 'da'r lein neu rywbeth.'

'Wela i di ar ôl yr oedfa fore Sul. Bendith arnat ti, 'machgen i,' daeth llais y gweinidog o'r llawr uwchben. Pan ddaeth i lawr, cwrddodd â Branwen yn y gegin. 'Yn hwyrach nag arfer heno, Branwen. Chi wedi bod yma cyn i mi ddod fel arfer.'

'Gwaith, Mr Jenkins.'

'Fe wn i'n iawn. Llawer i bendroni drosto, rwy'n siŵr.'

'Sut ma' fe heddi?' holodd Branwen.

'Tipyn yn fwy crynedig heddi,' meddai Ethni. 'Rhywbeth yn ei ben yn ei boeni. Wyddon ni ddim beth. Efallai y bydd e'n dawelach wedi i chi gyrraedd.'

'Wel, wna i ddim eich cadw chi. Bendith arnat ti, Ethni. Gwaith arwrol,' meddai'r gweinidog, a nodio i gyfeiriad y nyrs wrth adael. 'Croeso i chi, Branwen, yn yr oedfa, cofiwch.'

Sylwodd Branwen fod gwaelod ei grys i'w weld braidd yn aflêr dros ei drowsus, ond feddyliodd hi ddim mwy am y peth. Nododd, fodd bynnag, nad oedd mor garismataidd huawdl ag arfer, ac aeth i fyny'r grisiau at ei brawd. Diflannodd ei gryndod pan aeth hi ato, ond roedd rhyw olwg ymbilgar yn ei lygaid. Edrychai ar y sgrin oedd uwch ei ben ac wedyn arni hi. Nid oedd crebwyll yn amlwg yn ei edrychiad. Aeth Branwen ati i adrodd hanes y diwrnod. Golygodd rywfaint ar yr wybodaeth a gyflwynodd iddo, a chadw at faterion busnes yn hytrach na materion y galon.

Pennod 10

Câi'r cyfarfod â'r prif fuddsoddwyr ei gynnal ddwywaith y flwyddyn. Dim ond un gynhadledd lawn o'r buddsoddwyr i gyd a gynhelid yn flynyddol, a hynny yn yr haf pryd y gallai'r rhai a ddôi o bell gyfuno'r gynhadledd ag wythnos o wyliau ar lan y môr. Y tri hyn – Ceredig, Rob ac Alwyn – oedd â digon o gyfranddaliadau i fod â bys ym mhotes gweithredoedd y busnes. Gallai Eirlys fod wedi bod yno ond ni ddaeth. Byddai'n disgwyl adroddiad cryno gan Branwen wedyn serch hynny. Dim ond y danteithion a gâi o'r busnes oedd yn mynd â'i bryd hi. Felly Ceredig, Rob ac Alwyn ynghyd â Branwen, Osian a Lee oedd o amgylch y bwrdd derw mawr yn swyddfa Branwen. Eisteddai Rachel ychydig ar wahân iddynt yn cymryd cofnodion. Roedd hi'n ddydd Sadwrn ac felly roedd gweddill yr adeilad yn gymharol wag, gyda dim ond ond ambell swyddog diogelwch ar hyd y lle. Roedden nhw ar wyliadwriaeth arbennig wedi'r trafferthion ac roedd hi'n dipyn o embaras iddyn nhw fod grîns y cwrs golff wedi eu difrodi dan eu trwynau, bron, ond feddyliodd neb edrych yn y fan honno.

Roedd Branwen wedi synnu pa mor hwylus yr aeth y cyfarfod. Wedi'r cwbwl, roedd y cyhoeddusrwydd anffafriol yn ddigon i godi gwrychyn a bwganod lu, ond na; wedi i Branwen gyflwyno ei hadroddiad gyda nifer o sgriniau PowerPoint proffesiynol iawn yn cynnwys diagramau Venn a graffiau yn ymwneud â'r amryw agweddau oedd yn rhan o'r busnes cyfan, tawelwch fu. Roedd dylanwad Ceredig yn amlwg. Roedd wedi hen arfer â thrin sefyllfaoedd anodd, a daeth â chyflenwad helaeth o olew i'w daflu dros ddyfroedd trallodus buddsoddwyr y Berig. Cytunodd y tri y byddent yn fodlon prynu cyfranddaliadau unrhyw fuddsoddwr pryderus, ond na fyddent serch hynny'n talu'r pris a ystyrid yn bris llawn amdanynt. Cytunwyd i dorri traean oddi ar eu gwerth, ond roedd y gwerth hwnnw wedi cynyddu'n sylweddol dros y blynyddoedd ac ni fyddai neb ar ei golled petai am adael y llong pan oedd hi mewn trallod. Eu dewis nhw fyddai hynny. Gwyddai Osian a Branwen fod sawl un yn awyddus iawn i ymddihatru o'u buddsoddiad gwreiddiol cyn i'r llong fynd i lawr yn eu tyb nhw. Roedd Ceredig yn barod i dalu a'u helpu nhw ar eu ffordd i dir sych. I Branwen, edrychai Ceredig fel yr unig achubiaeth oedd ar gael. Fyddai'r achubiaeth mor ofnadwy â hynny? Wedi'r cwbwl, roedd gweledigaeth ganddo. Rhaid oedd i'r Berig symud ymlaen neu drengi yn ei ffurf bresennol. Rhaid fyddai gwerthu a gwerthu'n rhad pe bai angen, a cholli rheolaeth.

Daeth y cyfarfod i ben erbyn amser cinio a phawb yn gytûn. Nid oedd neb wedi sôn am gyfran Eirlys o'r busnes ond gwyddai pawb mor bwysig oedd hi i gynhwysion y potes. Câi'r mater hwnnw aros. Gallai Ceredig aros. Disgwyliai i werth y busnes ddisgyn ymhellach. Câi fargen ond ni ddywedodd hynny. Byddai Lee yn aros am rai wythnosau i ofalu am ei fuddion.

Cyrhaeddodd y bwffe ac agorwyd poteli o siampên a gwin. Cafodd Rachel ei rhyddhau. Gallai orffen teipio'r cofnodion ddydd Llun.

* * *

Pan ddaeth y Parchedig Mansel Jenkins at y dderbynfa, roedd nifer o westeion newydd wedi cyrraedd y gwesty – grŵp o golffwyr o dde Cymru. Roedd yn rhaid i Glesni ymddiheuro iddynt nad oedd tri o'r tyllau ar gael. Doedden nhw ddim yn malio rhyw lawer yn ôl pob golwg; roedden nhw'n poeni mwy am eu cyfeddach fin nos.

'Fydda i 'da chi mewn munud, Mr Jenkins,' meddai hi wrtho wrth iddi orffen trafod ei gwesteion newydd. Arhosodd yntau'n gwrtais y tu ôl iddynt. Roedd Glesni'n ei adnabod yn iawn, er nad oedd hi'n un o selogion y capel.

'Need our passports now we've come to a foreign land?' holodd un gwestai barfog yn hwyliog.

'No, that won't be necessary, Mr Stanley,' atebodd Glesni gyda gwên, gan weld ei enw wrth droi'r llyfr gwesteion tuag ati. Cyflwynodd eu hallweddi iddynt a gadawsant yn fyrlymus am eu hystafelloedd.

'Dim ond am adael hwn yma,' meddai'r gweinidog,

gan gyfeirio at fag eithaf sylweddol oedd ganddo yn ei law. 'Beiblau ar gyfer yr ystafelloedd,' meddai, a thynnu un allan i'w ddangos i Glesni. 'Rhywun wedi sôn nad oedd Beiblau Cymraeg yma.'

'Chi am i mi sicrhau eu bod nhw'n cael eu lle ym mhob ystafell, Mr Jenkins?' holodd Glesni.

'Ydw, ond ddim heddiw, fy merch i. Hoffwn i fynd â nhw fy hun i'r ystafelloedd yn unigol gydag un o'r glanhawyr os ydy hynny'n bosib. Mae rhoi bendith ar bob ystafell yn rhan o'r ddefod yn fy marn i. Allwn i ddod yn ôl fore Llun pan fydd hi'n eitha tawel?'

'Wrth gwrs, Mr Jenkins. Gadewch nhw gyda fi.'

'Ble chi am i mi eu gadael nhw, Glesni?'

'Yn y swyddfa gyda fi, greda i. Pasiwch nhw draw.'

'Maen nhw'n eitha trwm. Fe ddo i â nhw rownd i chi,' meddai'r gweinidog, a thywyswyd ef i'r ystafell gefn gan Glesni. Gadawodd y bag mewn cornel yn y fan honno. 'Diolch, Glesni,' meddai cyn gadael.

Feddyliodd Glesni ddim mwy am y peth.

Gwyliodd Carwyn y parchedig yn cyrraedd a'i weld yn gadael y gwesty ar ei sgrin.

* * *

Treuliodd Arthur y diwrnod yn edrych ar sgrin ei gyfrifiadur yntau. O'r camera ar dŷ Branwen, gwelodd Iori yn gadael yn ei gerbyd 4x4 wedi iddo fwydo'r ceffylau. Ni welodd ble yr aeth wedyn. Treuliodd Arthur fwy o amser yn gwylio'r hyn roedd Carwyn yn edrych arno. Bu Carwyn yn brysur yn symud o un olygfa i'r llall o amgylch y Berig. 'Dim crebwyll, myn diawl!' meddai. Nid oedd gan Carwyn reolaeth ar ba ffordd roedd y camerâu yn anelu; y swyddfa ddiogelwch yn unig allai wneud hynny. Dim ond dewis pa un o'r camerâu yr edrychai trwyddo y gallai ef ei wneud. Nid oedd gan Arthur reolaeth ar ddim. Rhaid oedd dibynnu ar chwilfrydedd Carwyn.

Roedd llygaid Arthur yn troi'n sgwâr erbyn canol y prynhawn a hepiodd rywfaint ar ei soffa yn y garafán. Byddai'r cwsg yn ddefnyddiol. Synnodd iddo gysgu a'r cymylau duon yn ymgasglu yn ei ben. Roedd ei eiriau byrbwyll wrth Branwen yn tasgu o'r naill ochr i'w ymennydd i'r llall. Deffrôdd yn sydyn ar ôl rhyw awr a rhythu ar y sgrin eto. Ni welodd y parchedig yn cyrraedd y gwesty, nac yn gadael. Erbyn iddo ddeffro nid oedd dim byd amlwg i'w weld, ond roedd diddordeb Carwyn yn mynd yn ôl a blaen rhwng golygfa o Westy'r Frân ac un arall o gapel Moreia a'r mans. Sefydlogodd ar y mans am gyfnod hir wedyn. Roedd hi'n dechrau nosi a goleuadau'r dref yn dod yn fwyfwy amlwg yn y gwyll, a glaw mân wedi dod â sglein i'r palmentydd. Doedd dim golau yn y mans heblaw am lewych a ddôi trwy ffenest fechan yn y to, o oruwchystafell yn yr atig. Craffodd Arthur ar yr olygfa. Nid oedd dim o unrhyw bwys tan iddo weld y drws ffrynt yn cilagor, fel petai rhywun yn sbecian trwyddo. Caeodd yn sydyn wedyn. Sylwodd Arthur fod rhywun yn cerdded heibio. Agorodd eto wedi i'r cerddwr basio o olwg y sgrin a daeth rhywun allan o gysgodion y stryd: menyw, eithaf siapus, mewn sgert a sodlau uchel. Cariai ymbarél a guddiai ei hwyneb a cherdded yn eithaf cyflym i fyny'r grisiau at y drws. Agorwyd y drws iddi a chamodd i'r tywyllwch y tu mewn. Caeodd y drws yn glep wedyn. Daeth golau yn un o'r ystafelloedd ar yr ail lawr a gwelai'r gweinidog yn cau'r llenni.

'Tipyn o foi, on'd wyt ti!' meddai Arthur. Cododd ei ffôn i anfon neges at Price:

'*Fedri di weld be alli di ddod o hyd iddo fo am y Parchedig Mansel Jenkins, gweinidog y Berig?*'

'*Iawn,*' daeth yr ateb bron yn syth.

*   *   *

Wedi iddi nosi penderfynodd Arthur adael y garafán. Aeth i'w gar a throi am y Berig. Ni wyddai am beth y chwiliai ond roedd am fod yn dyst. Roedd wedi rhoi blanced ar sedd gefn y Vauxhall a dod â fflasg o de gydag ef. Tybiai nad heno y byddai rhif pump yn digwydd, ond doedd dim dal.

Gwyliodd Carwyn ef yn parcio yng nghanol maes parcio canolog y dref o fewn golwg y mans. Roedd digon o geir eraill yno, gyda sawl un wedi mynd am beint neu bryd o fwyd yn y Llong neu yn un o fwytai'r dref. Disgynnai glaw mân oerllyd. Cyrhaeddodd cerbyd y maes parcio ac aros mewn cilfach dywyll y tu ôl i gar Arthur. Diffoddodd ei oleuadau ond ni ddaeth y gyrrwr allan. Rhywun yn aros i roi lifft, tybiai Arthur. Eisteddai Iori yn ddi-syfl yn sedd y gyrrwr.

Ystyriodd Arthur fynd am beint. Ni wnaeth, dim ond aros wrth i du mewn y car oeri'n raddol. Ni fu'n hir cyn bod angen y flanced arno. Suddodd i'r sedd, ond gallai weld prysurdeb nos Sadwrn yn mynd a dod yn ddigon hawdd ar hyd y brif heol at faes parcio'r sgwâr lle roedd yn swatio; ambell un yn dod am sigarét y tu allan i'r Llong. Cofiai'r trafferth fu yno ddechrau'r flwyddyn a fu'n achos cyflwr Carwyn. Gallai weld i gyfeiriad y capel a'r tŷ capel drws nesaf. Roedd y capel yn dywyll ond roedd golau yn y tŷ.

Roedd hi'n anodd peidio â phendwmpian dan gynhesrwydd ei flanced. Ond canodd ei ffôn cyn i gwsg ei drechu.

'Helô, Price. Oes gen ti rywbeth i mi?' meddai Goss wedi gweld enw'r cwnstabl ifanc yn arddangos ar ei ffôn.

'Bingo, ddwedwn i. Mae'r parchedig yn boncyrs hollol. Dw i wedi bod yn siarad â rhyw gyrnol ddwedodd ei hanes wrtha i. Roedd y parchedig wedi bod yn gapten yn y fyddin. Mewn rhyw fath o uned arbennig, yn arweinydd gwych, dynion yn fodlon ei ddilyn trwy ddŵr a thân yn ôl beth roedd y cyrnol 'ma'n ddweud.' Roedd Price yn mynd i hwyl. 'Wedi bod yn Irac ac wedi bod yn rhan o ryw ddigwyddiad amheus o gwmpas Irbil. Lot o bobl wedi cael eu lladd, ar ein hochr ni a'u hochr nhw. Lwcus i ddod allan yn fyw. Tipyn o arwr ond heb gael medal. Amheuaeth a oedd "war crime" wedi bod. Popeth wedi ei sgubo dan y carped.'

'Dim byd yn amlwg yn boncyrs fan'ne.'

'Nac oes. Wedyn aeth pythach o chwith. Cael rhyw fath o dröedigaeth. Fe aeth yn gaplan a chael ei hyfforddi mewn rhyw goleg yn Winchester. Mynd i Afghanistan wedyn.'

'Fel caplan?'

'Ie. Chi'n cofio digwyddiadau 'blue on blue', fel roedden nhw'n eu galw nhw?'

'Ydw, pan oedd un o'r milwyr lleol oedd i fod ar ein hochr ni yn troi a saethu at ein milwyr ni?'

'Ie, wel fe welodd e un o'r digwyddiadau ac fe redodd e ar ôl y llofrudd. Roedd y boi wedi lladd pedwar o'n bois ni cyn dianc.'

'Ddaliodd Jenkins y llofrudd?'

'Do, a'i saethu.'

'Wel?'

'Bymtheg gwaith pan oedd y dyn yn farw gelain ar y llawr ers ei siot gyntaf. Fu e ddim yr un peth ar ôl hynny. The Crazy Padre roedd y milwyr yn ei alw fe. Roedd e'n taranu yn erbyn anghyfiawnderau'r byd wrth y milwyr. Fe gafodd e *discharge* wedyn, PTSD oedd y rheswm. Roedd e'n mynd i sefyll ar y wal yn Camp Bastion a diawlio'r byd. Hollol dwlali!'

'Diddorol,' meddai Arthur.

'Fe dreuliodd gyfnod mewn ysbyty meddwl wedi 'ny. Fe ddaeth yn weinidog i'r Berig ryw flwyddyn wedyn,' ychwanegodd Price.

'Soniodd o ddim am ei hanes yn y cyfweliad â'r blaenoriaid, fetia i,' meddai Arthur yn goeglyd.

'Chi am alw'r cafalri i mewn nawr, Syr?' holodd Price.

'Na, ddim eto. Fe wyddon ni pwy *alle* fod wedi bod

yn gwneud y stwff yn fan hyn, ond dydyn ni ddim yn gwybod pwy *sy* wedi bod wrthi, ydyn ni?'

'Na,' meddai Price.

'Felly cadwa nhw draw,' meddai Arthur yn bendant.

'Ble y'ch chi?' holodd Price.

'Ti'n gwybod yn iawn ble ydw i. Ti wedi bod yn tracio'n ffôn i ers wythnos,' meddai Arthur, 'ac os nad wyt ti, ti ddim wedi bod yn gwneud dy job yn iawn. Nos da,' ychwanegodd, a gorffen yr alwad.

Yn fuan wedyn gwelodd rywun yn dod allan o'r mans. Yr un ferch siapus a welodd yn mynd i mewn? Ni allai fod yn siŵr. Roedd hwdi dros ei phen. Trodd hithau a cherdded yn eithaf chwim i lawr un o'r strydoedd cefn. Cododd Arthur yn frysiog o'r car a chamu ar draws y sgwâr i'w dilyn. Ymestynnodd ei gam ar hyd y ffordd i fyny'r stryd serth. Tybiodd iddo ei gweld hi'n troi unwaith eto i stryd arall. Gwyddai mai stryd hosan oedd hi ac nad oedd ffordd allan. Cyrhaeddodd y gornel gyda'i wynt yn byrhau. Roedd pob anadl yn ymdrech. Arhosodd ar y gornel lle gwelodd hi ddiwethaf a phwyso yn erbyn y wal. Roedd rhesaid o fflatiau eithaf newydd ar y ddwy ochr. Gallai hi fod wedi diflannu i unrhyw un ohonynt. Edrychodd ar enw'r stryd uwch ei ben: Clos y Gollen. Chwilotodd am ei bwmp. Nid oedd y teclyn yn yr un o'i bocedi. Trodd a cherdded yn simsan yn ôl at ei gar. Roedd dau ganllath i fynd ac roedd pob cam yn ymdrech, a'i grebwyll yn diflannu fesul cam o ddiffyg ocsigen.

Gwyliodd Iori ef o dywyllwch ochr arall y sgwâr.

Roedd Arthur yn greadur torcalonnus yn croesi'r

hewl. Cyrhaeddodd ei gar o'r diwedd a rhoi ei ddwy law ar y bonet gan ymladd am bob anadl. Agorodd y drws ar ôl munud, yn gwichian â phob dracht o awyr i'w ysgyfaint. Gorweddodd yn ôl yn sedd y gyrrwr. Chwilotodd am ei bwmp yn ofer ym mhocedi'r car a'r ymdrech orffwyll yn sugno pob dafn o ocsigen o'i gorff. Roedd y pwl yn gwaethygu a phanig yn ei lethu. Daeth niwl dros ei lygaid a thywyllwch sydyn i'w ddilyn.

Am funudau yn unig y bu'n anymwybodol ond daeth y düwch â gosteg i'w frest yn y llewyg, a gyda thempo mwy rhythmig i'w anadlu yn dychwelyd daeth goleuni yn ôl i'w lygaid a chliriodd y niwl yn raddol. 'Shit,' meddai ar ôl tipyn. 'Dw i wedi glychu'n hun.'

Roedd Iori wedi dynesu. Gwelodd y llewyg a gwelodd y dadebru ac aeth i eistedd yn ôl yn ei gar.

Arhosodd Arthur am ddeg munud a mwy yn tawelu ei ysgyfaint a'i ymennydd. 'Cer am nos fory, Meinabs. Nos fory, plis, OK?' meddai cyn tanio injan y car.

Gwelodd Iori'r Vauxhall yn gadael y maes parcio.

Gwelodd Carwyn ef hefyd.

Roedd blinder ym mhob gewyn o'i gorff wrth iddo ddringo'r grisiau at ddrws ei garafán a'i ddatgloi. Cydiodd yn y pwmp glas a anghofiodd wrth y sinc a chymryd tri dracht ohono. Tynnodd ei drowsus gwlyb a gweddill ei ddillad yn y gegin cyn ymlwybro i'w ystafell wely a disgyn yn swp ar ei wely. Hyderai na ddigwyddai dim yn ystod ei absenoldeb o'r Berig. Cysgodd fel babi tan y bore.

Pennod 11

Price a'i deffrôdd.

'Chi'n OK, Bos?' holodd Price uwchben ei wely, ac Arthur yn gorwedd yno yn noethlymun. 'Wedi curo'r drws ond o'ch chi ddim yn ateb. Roedd y drws ar agor ac fe ddes i i mewn. Drws y car ar agor 'fyd. Eich dillad chi'n swp ar lawr yn y gegin. Roeddwn i'n meddwl bod rhywbeth wedi digwydd i chi.'

'Dw i'n iawn, diolch,' meddai Arthur, gan ddadebru o'i drwmgwsg a thynnu'r dillad gwely i guddio ei noethni. 'Be sy?'

'Dim byd. Dim byd o gwbwl. Popeth yn dawel yn y Berig neithiwr yn ôl pob sôn. Chi'n siŵr bo chi'n OK? Chi'n edrych tamed bach yn welw i mi.'

'Ydw. Pwl bach efo'r frest yma neithiwr. Anghofio'r pwmp. Dim byd sbesial. Jest angen paned. Tro'r tegell ymlaen, wnei di?'

'Iawn,' meddai'r cwnstabl ifanc a throi i ufuddhau i'r gorchymyn.

Daeth Arthur i'r lolfa yn ei ŵn llofft at y te oedd yn ei aros. Symudodd ei ddillad gwlybion o'r golwg.

Eisteddodd ar y soffa a sipian yn eiddgar o'r hylif poeth. 'Ti'n gwneud paned go lew,' meddai.

'Dŵr berwedig, ddim dŵr wedi ei ferwi. Dyna beth mae Mam yn ei ddweud, a'r llaeth i mewn ar ôl gwasgu'r te o'r dail.'

'Os ydy Mam yn dweud,' meddai Arthur, a sipian eto a'r lliw yn dychwelyd i'w fochau gyda phob dracht. 'Heno neu heddiw amdani felly,' meddai ar ôl tipyn.

'Ie, os ydy'ch hynsh chi'n iawn.'

'Hen drwyn, ti'n gweld,' meddai Arthur a chyffwrdd â'i ffroen.

'Weloch chi rywbeth yn y Berig neithiwr?'

'Dw i ddim yn siŵr. Fe ddaeth rhyw fenyw ifanc o'r mans tua deg o'r gloch. Dim syniad pwy oedd hi. Mi ddilynes i hi ond mi aeth hi o 'ngolwg i i un o'r strydoedd. Lot o fflatiau yno. Clos y Gollen. Ffeindia allan pwy sy'n byw yno, wnei di?'

'Iawn, Syr.'

'Wn i ddim pa mor arwyddocaol ydy hynny. Falle bod gan y gweinidog chwantau na ŵyr ei gynulleidfa amdanyn nhw, *eh*?'

'Lot o bethau na ŵyr ei gynulleidfa amdanyn nhw.'

'Ia wir.'

'Be chi'n mynd i'w wneud heddi, 'te, Bos?'

'Mynd i'r capel.'

'Chi wedi cael tröedigaeth?'

'Hy!' meddai Arthur. 'Rhaid i mi frysio; cawod a newid i 'nillad gorau. Rŵan 'te, cer o 'ma. Cofia fi at dy fam. Dweud wrthi y do i draw am baned o'i the hi.'

'Dishgled?'

'OK, dishgled 'te. Cer.'
Gadawodd Price.

*   *   *

Doedd dim heddlu i'w gweld o amgylch y lle wrth i
Arthur yrru i mewn i dref y Berig yn ei ddillad gorau.
Roedd yr hedd wedi dychwelyd yno am y tro. Câi'r
trigolion heddwch oddi wrthyn nhw ar y Sul o leiaf,
meddyliodd Arthur. Rhaid bod Osian wedi cael gair â'r
heddlu oedd yno gan ofyn iddyn nhw gadw proffil isel
rhag codi bwganod ym meddyliau'r trigolion nerfus, neu
bod ffidil Doug Ellis wedi mynd i'r to. Prin iawn fu'r
llewyrch o'i ymholiadau.

Roedd torf go sylweddol y tu allan i gapel Moreia ar
gyfer yr oedfa fore Sul. Rhyw stelcian i'r cefn oedd bwriad
Arthur ac arhosodd i'r rhan fwyaf o'r dorf fynd i mewn.
Clywodd sŵn cerddoriaeth yn codi, a'r band modern
a'r côr yn dechrau mynd i hwyl gyda'u cerddoriaeth
Americanaidd ei naws. Roedd hi'n ddiogel iddo godi o'i
gar a mynd at y drws. Roedd blaenor yno i groesawu'r
praidd ac ni allai ei osgoi. Ysgydwodd law Arthur yn
frwd a'i hebrwng i sedd wag yng nghefn y capel. Adnabu
sawl un yn y gynulleidfa a derbyniodd nòd gan ambell
un. Roedd capeli wedi newid yn sylweddol ers i Arthur
dywyllu un ddiwethaf. Roedd y sêt fawr wedi mynd a
llwyfan isel yn ei lle gyda darllenfa yn ei ganol, a honno
wedi ei lleoli yn union o flaen haul ar y wal y tu ôl iddo
a phelydrau yn tasgu ohono. Roedd sgrin fawr ar y wal
ar un ochr a chamera o flaen y llwyfan oedd yn pwyntio

at ganol yr haul, ac felly at wyneb y sawl fyddai'n sefyll o'i flaen. Eisteddai rhywun wrtho i'w weithio ac i amrywio'r llun. Nid oedd y parchedig i'w weld eto, ond roedd y grŵp wedi eu dilladu yn hamddenol iawn a'r côr yn ei morio hi wrth ganu emyn modern nas clywsai Arthur o'r blaen, a'r dorf yn siglo yn ôl ac ymlaen i'r rhythm. Cyrhaeddodd Mansel Jenkins wedi i'r canu orffen. Rhoddodd y band ryw ychydig nodau i'w groesawu i'r llwyfan ac aeth i sefyll o flaen y ddarllenfa. Synnodd Arthur iddo dderbyn cymeradwyaeth frwd gan y gynulleidfa a phawb yn sefyll i'w gyfarch.

'Eisteddwch, fy mhobl,' meddai, a chodi ei ddwy fraich fel eryr ar ffurf croesbren. Eisteddodd pawb. Roedd ei ben yn union yng nghanol yr haul ar y sgrin a'i lais yn taranu drwy'r meicroffon a'r cyfarpar sain. Daeth amryw bobl ymlaen i ddarllen o'r ysgrythur a thraddodi gweddi yn eithaf traddodiadol. Canodd un ferch yn swynol iawn hefyd a chanwyd nifer o emynau gydag arddeliad. Eisteddodd Mansel Jenkins ar gadair wrth ochr y ddarllenfa a gwrando'n astud, gydag wynebau'r cyfranwyr hyn yn yr haul ar y sgrin. Ar ôl rhyw hanner awr cododd blaenor, syndod o ifanc yn nhyb Arthur, o'r llawr i gyhoeddi digwyddiadau'r wythnos a manylion ambell ddigwyddiad yn y dref hefyd. Roedd ffair Nadolig i'w chynnal yn ôl pob sôn, ac roedd croeso i bawb. Hefyd, roedd cyfarfod o'r Detholion i'w gynnal yn y festri wedi'r oedfa.

'Pwy ydy'r rheini?' gofynnodd Arthur i'r wraig oedrannus oedd yn eistedd drws nesaf iddo.

'Pobl ifanc i gyd,' atebodd hithau braidd yn ddilornus. 'Am ymestyn eu defosiwn!'

Nid pawb sy wedi llyncu'r bilsen, meddyliodd Arthur.

'Ga i drosglwyddo'r gwasanaeth nawr i ddwylo ein gweinidog, y Parchedig Mansel Jenkins,' meddai'r blaenor a dychwelyd i'w sedd.

'Croeso, bawb,' meddai'r gweinidog wedi iddo godi at y ddarllenfa, 'a ga i estyn croeso arbennig i rai wynebau newydd sydd yn y gynulleidfa heddiw.' Roedd yn edrych yn syth at Arthur wrth ddweud y geiriau. Hyderai Arthur na fyddai'n ei enwi. Ni wnaeth, ond trodd sawl un i edrych arno yn y sedd gefn. Gwyddai pawb at bwy roedd y gweinidog yn cyfeirio.

'Ga i ddangos hwn i chi?' oedd geiriau cyntaf ei bregeth, a chliciodd fotwm llygoden oedd ar y ddarllenfa ac ymddangosodd llun o beintiad El Greco o Grist yn taflu'r marsiandïwyr o'r deml â chwip yn ei law. 'Trawiadol, on'd ydy? Un o gampweithiau'r Dadeni. A hwn hefyd,' meddai, a chliciodd eto i arddangos peintiad cyffelyb gan Scarsellino ac un arall o Grist yn dymchwel byrddau'n fileinig. Darllenodd wedyn o'r pedair efengyl gan ddisgrifio'r digwyddiad. Aeth ati i ddarlunio'r digwyddiad yn ddramatig yn ei eiriau ei hun cyn gofyn ei gwestiwn mawr. 'Beth allwn ni ei ddysgu o'r digwyddiad hwn?' meddai, ac aros i adael i'r gynulleidfa feddwl. 'Nad lle i fasnach yw teml Duw, ie; ond yn fwy na hynny, weithiau, dim ond weithiau, rhaid gwneud y peth iawn, ac i wneud y peth iawn hwnnw rhaid gwneud pethau anarferol, pethau annisgwyl weithiau, pethau nad ydyn nhw'n eistedd yn gyfforddus yn ein byd bach cartrefol ni. Doedd Crist ddim am i ni fod yn gyfforddus yn ein tai. Roedd e am i ni sefyll a gwrthsefyll ac ymladd yn erbyn yr hyn sy'n bechod yn ein cymdeithas.'

Rhif pump? meddyliodd Arthur.

Cododd Mansel Jenkins y meicroffon o'r ffon oedd yn ei ddal a cherdded gyda'i gadair at ymyl y llwyfan ac eistedd arni. Dilynodd y camera ef a chraffu ar ei wyneb.

Rêl blydi showman, meddyliodd Arthur.

Roedd y symud lleoliad yn fodd iddo glosio at ei gynulleidfa i bwysleisio'i neges. 'Gwn fod y Beibl yn dweud wrthon ni mai'r rhai addfwyn fydd yn etifeddu'r ddaear, ond mae neges arall yn y digwyddiad yn y deml; sef bod yn rhaid, weithiau, wneud mwy, cyn belled mai ein bwriad yn y pen draw yw sicrhau tegwch ac addfwynder.' Roedd ei sefyllfa lai pregethwrol yn addas at rannu o'i brofiad ei hun. Soniodd am ei gyfnod fel caplan yn y fyddin. 'O ydy, mae'r fyddin yn gorfod gwneud pethau cas, pethau rhyfelgar, pethau na fyddwch chi byth am eu gweld; ond y bwriad, y bwriad yn y pen draw yw gwrthsefyll gorthrwm. Dyna sy'n bwysig.'

Soniest ti 'run gair am y boi 'na saethest ti bymtheg gwaith, naddo, meddyliodd Arthur.

Roedd y gweinidog wedi dethol ei eiriau'n ofalus; popeth yn gyffredinol a dim byd yn bendant. Cododd i ymlwybro ymhlith y gynulleidfa ac ysgwyd llaw â sawl un. Clodd gyda'r geiriau, 'Gallwch chi etifeddu'r ddaear ond i chi ddilyn geiriau'r Efengyl. Gwyliwch y frân,' meddai i gloi, cyn troi at y côr i orffen yr oedfa a dal ei freichiau yn siâp y groesbren eto. Edrychodd y gweinidog yn syth at Arthur wedyn. Edrychodd yntau yn ôl yn ddiwyro ar y gweinidog a gwasgodd wên i'w wyneb.

Blydi hel! Be mae hynny i gyd yn ei feddwl, meddyliodd Arthur.

Gyda sain y grŵp y tu ôl iddynt, gadawodd y gynulleidfa. Aeth Arthur i'w plith wrth iddyn nhw ymadael a cheisio gadael mor ddisylw a phosib. Cyn mynd i'r awyr agored, arhosodd a throi i edrych trwy'r pared gwydr oedd rhwng y drws a chorff y capel. Er mor aneglur oedd y darlun trwy'r gwydr lliw, gallai weld rhyw chwech o bobl yn ymgasglu o amgylch y gweinidog ac yn diflannu tua'r festri. Ni allai eu hadnabod, ac roedden nhw wedi mynd o'r golwg cyn i Arthur allu mynd at y drws i'w gweld yn well.

Bu'n rhaid iddo ysgwyd llaw â sawl un cyn gallu dianc i ddiogelwch ei gar yn y maes parcio, ond llwyddodd i osgoi unrhyw ymgom a allai ddatblygu yn fwy na sylw am y tywydd. Cyrhaeddodd ei loches a chymryd dracht sylweddol o'i bwmp.

Yn y festri, cyfarchodd y gweinidog y Detholion trwy godi ei ddwy fraich a'u casglu yn grŵp tyn o'i amgylch.

'Gadewch i ni eistedd am orig dawel o ddefosiwn,' meddai, a thynnodd y Detholion gadair yr un mewn cylch o'i amgylch ac eisteddodd y chwech yn dawel am bum munud myfyrgar. 'Does dim i'w ddweud; dim y gellir ei ychwanegu. Buoch yn braidd ffyddlon. Diolch,' meddai a chodi. 'Cadwch y ffydd yn yr oedfa heno,' meddai wedyn cyn gadael. Trodd y chwech ifanc at ei gilydd mewn penbleth oherwydd byrder y cyfarfod a'i eiriau wrth ymadael. Nid oedd dysgeidiaeth nac athroniaeth, ond gwyddai Ethni yn iawn. Ni wyddai beth, ond gwyddai ble a gwyddai pryd. Rhannodd y gweinidog ei deimladau dyfnaf, mwyaf dirgel â hi yn chwys ei gwely.

'Wyt ti'n edrych ar y sgrin yna yn cadw golwg, Price?' holodd Arthur ar ei ffôn o'r car.

'Ydw.'

'Ar be mae Carwyn yn edrych?'

'Wn i ddim,' meddai Price.

'Be ti'n feddwl, "wn i ddim"?'

'Wel, mi ydw i'n gallu gweld trwy'r camerâu i gyd nawr. Wedi cael dolen gyswllt newydd iddyn nhw.'

'Diolch am adael i mi wybod,' meddai Arthur yn goeglyd.

'Dim probs, Bos.'

'Wyt ti'n gallu gweld beth oeddwn i'n ei weld, sef jest be mae Carwyn yn ei weld?'

'Ydw, ond mae'n rhaid i mi droi at sgrin arall.'

'OK, gwna.'

Bu saib am eiliad neu ddwy.

'Reit, ti yno?'

'Ydw.'

'Ar be mae o'n edrych?'

'Ar y gwesty.'

'Mae'r diawl clyfar yn gwybod rhywbeth dydyn ni ddim yn ei wybod.'

'Beth chi'n feddwl?'

'Mae rhif pump yn mynd i ddigwydd yn y gwesty, fetia i. Gei di alw'r cafalri i mewn os wyt ti isio.'

'Maen nhw yno'n barod,' meddai Price.

'Roeddwn i'n amau braidd,' meddai Arthur, a gorffen yr alwad a thanio'r car.

Roedd ei wynt prin yn ei ddwrn wrth gamu i mewn i Westy'r Frân. Roedd Glesni yn y dderbynfa.

'Araf bach, Mr Goss,' meddai hi wrth Arthur, oedd yn ymladd am ei anadl a'i ddwy law ar y ddesg o'i blaen wedi iddo frysio o'i gar.

'Ydy'r gweinidog wedi bod yma yn ddiweddar?'

'Mr Jenkins?'

'Ia.'

'Ody. Arhosodd e ddim yn hir. Fe adawodd e becyn o Feiblau ar gyfer yr ystafelloedd. Fe ddwedodd e y bydde fe 'nôl i'w rhannu nhw rownd yr ystafelloedd. Angen Beiblau Cymraeg, medde fe.'

'Ble maen nhw?'

'Roedden nhw yn y swyddfa 'da fi ond fe ges i'r portar i'w symud nhw. Rhy drwm i mi. Roedden nhw yn y ffordd damed bach, chi'n gweld.'

'Ble maen nhw rŵan?'

'Yn y cwpwrdd storio draw fan 'na,' meddai Glesni, gan gyfeirio at ddrws yr ochr draw i'r cyntedd.

Cerddodd Arthur at y drws a'i agor.

'Pa fag?' holodd Arthur yn chwyrn.

'Yr un mawr du yna ar y chwith. Ie, hwnna,' meddai hi wedyn pan welodd Arthur yn craffu ar y bag lledr sylweddol oedd ar un o'r silffoedd.

'Faint o bobl sy yma?'

'Tua hanner llawn heddi. Ond mae llwythi wedi dod am ginio dydd Sul yn y bwyty.'

'Dw i am i chi eu clirio nhw allan o'r adeilad.'

'Beth, nawr?'

'Ia, *nawr.*'

'Ond mae DCJ yma.'

'Fo yn fwy na neb. Rŵan.'

'Pam?'

'Dw i'n amau bod bom yn y bag yna.'

'O. Chi'n siŵr?'

'Nachdw ond well i ni fod yn saff.'

'Ond beth os ...'

'Jest gwnewch o, ddynes, plis.'

'Ddynes, Mr Goss?'

'O, sori, ond jest gwnewch o,' meddai Arthur a chamu at ddrws y gwesty. Wrth iddo ddod allan i'r awyr agored, roedd y Parchedig Mansel Jenkins yn camu'n dalsyth ar hyd y lôn i gyfeiriad y drws a thân yn ei lygaid a rhywbeth yn ei law.

'Welais i chi'n cyrraedd, Mr Goss. Rwy'n falch i ni gael cwrdd unwaith eto,' meddai'r parchedig gan gadw'i bellter oddi wrth Arthur.

'Wedi dod i gyflawni gweithred olaf Adar Rhiannon?'

'Yn wir, Mr Goss. Deg allan o ddeg, Mr Goss. Dyma'r weithred olaf,' meddai Mansel Jenkins, a chamu i sefyll ar ben wal fechan o flaen y gwesty a dal ei ddwylo ar ffurf croesbren fel y gwnaeth yn y capel.

'Pam, Mansel?'

'Mr Jenkins, os gwelwch yn dda. Parch, Mr Goss, parch.'

'Iawn, Mr Jenkins, 'te. Ond pam?'

'Pam? ydych chi'n gofyn. Pam? Fe ddylai fod yn berffaith glir pam. Achos ein bod ni, yng ngeiriau Gwenallt, yn gwerthu ein heneidiau am doffi a chonffeti ffair, ac ar fin puteinio ein heneidiau ymhellach i'r diawl ysglyfaethus sy'n llechu yn y gwesty hwn. Does dim ond rhaid i mi wasgu hwn ac fe fydd y freuddwyd yn deilchion, yn deilchion mân,' meddai'r gweinidog, a chodi'r ffôn oedd bellach yn amlwg yn ei law a'i fys ar y botwm dechrau galwad. 'Mae'n bryd i ni wneud rhywbeth. Rydyn ni wedi aros yn ddiffrwyth yn rhy hir, wedi bod yn daeogion gwasaidd i gyfalafwyr a marsiandïwyr yn ein teml ni yma.'

Roedd meddwl Arthur yn rasio a'i wynt yn byrhau. Roedd Glesni bellach wedi gweld y parchedig yn sefyll ar y wal, ac wedi iddi sylweddoli difrifoldeb y sefyllfa roedd hi wedi ffonio'r heddlu. Doedden nhw ddim yn bell. Gellid eu clywed yn dynesu a'u seirenau'n groch. Safai Arthur yng nghanol y ffordd a chododd ei law arnynt i'w hatal ar y lôn i'r gwesty. Daeth sgrech o'r teiars wrth i'r tri char aros yn stond ar orchymyn Arthur. Daeth pedwar heddwas allan o'r ceir a gwasgaru o'r golwg i rywle. Aeth Glesni ati ag arddeliad i sgrialu pawb allan trwy ddrws cefn y gwesty i ddiogelwch.

Safai Arthur yno yn wynebu'r gweinidog o hirbell, gan chwilota pob cornel o'i ymennydd am y geiriau mwyaf addas i ddarbwyllo gwallgofddyn i beidio â chyflawni anfadwaith.

'Gwrandewch, does neb wedi brifo eto, neb wedi ei ladd. Gadewch bethau fel yna.'

'O, fe fydd rhywun yn cael ei ladd, reit siŵr, y tro hyn. O bydd.'

'Er mwyn Duw, peidiwch!'

'Beth wyddoch chi am Dduw, Mr Goss? Ry'ch chi'n dod i'r capel unwaith ac yn meddwl y gallwch chi ddefnyddio ei enw ef i godi ofn arna i. Rwy'n ei adnabod e'n dda. Rwy'n siarad â fe. Dydych chi ddim. Deall?'

'Peidiwch dweud bod Duw wedi dweud wrthoch chi am wneud hyn,' meddai Arthur, yn dechrau colli amynedd.

'Mae Duw yn gweithio mewn dirgel ffyrdd,' meddai'r gweinidog. 'Cofiwch hynny.'

'Ylwch, rhowch y ffôn yna i lawr ac mi allwn ni drafod hyn.' Roedd sgiliau diplomataidd Arthur yn dechrau mynd yn hesb.

'Diwinyddiaeth oddi wrth blisman, chreda i byth.'

'Wn i, ond ry'ch chi'n gwneud pethau'n waeth, ddim yn well.'

'Sut hynny, Mr Goss? Beth wnaethoch chi erioed ond mynd i'r gwely gyda'r gelyn.'

Osgôdd Arthur y sylw personol. 'Mae gwerth y cyfranddaliadau'n mynd trwy'r llawr o'ch herwydd chi. Chi sy'n hyrwyddo tranc y dref ac yn achosi iddi werthu ei henaid i goffrau cyfoethogion,' meddai.

'Daeth yr awr i wneud gwahaniaeth,' meddai'r gweinidog. 'Daeth trafod gwirioneddau diwinyddiaeth ac economeg i ben,' meddai a chodi'r ffôn mewn un llaw a'i hymestyn, a chodi'r fraich arall gan wneud siâp y groes â'i gorff unwaith eto. Trodd ei ben tua'r nef. 'Mae anfadrwydd yn digwydd pan mae dynion da yn sefyll o'r neilltu ac yn gwneud dim,' meddai, ac edrych yn syth i wyneb Arthur a gwenu.

Yn sydyn, daeth clec dawel o rywle yn y gwesty ac ymddangosodd twll taclus yn nhalcen y gweinidog. Disgynnodd y ffôn i'r llawr a disgynnodd y gweinidog yn ei ôl a glanio'n gelain ar y glaswellt yr ochr arall i'r wal lle safai. Roedd ei freichiau o hyd yn siâp y groes, yn hollol ddisymud. Suddodd Arthur i lawr ar ei liniau gan ymladd am ei anadl, a chwympodd mewn llewyg ar ei gefn wedyn. Roedd ei anadl wedi pallu. Doedd dim symud yn ei gorff yntau chwaith.

Tipyn o sioc i'r saethwr oedd gweld Iori yn dod o rywle a mynd ar ei liniau a dyrnu Arthur yn ei frest. Paratôdd i saethu eto, ond ni allai gael targed disymud a sicrwydd na fyddai'n bwrw Arthur. Neidiodd plismyn o'r tu ôl i wrychoedd a gafael yn Iori a'i lusgo i'r llawr yn ddiseremoni. Y tu cefn iddynt sugnodd Arthur lond ysgyfaint o anadl. Roedd y dyrnu wedi gweithio a'i grebwyll yn dychwelyd yn raddol.

Ni fu Iori ar y llawr yn hir. 'Reit, y bastards,' clywid ef yn dweud a thrwy nerth ei freichiau, gwasgodd y ddau heddwas oedd yn ceisio'i ddal a'u bwrw fel dwy ddoli yn erbyn ei gilydd. Cododd a safodd yn herfeiddiol yng nghanol y ffordd i wynebu'r ddau blismon oedd wedi sefyll yn sigledig i'w wynebu. Roedd Iori fel tarw bygythiol ar fin ei bicellu yn yr amffitheatr orffwyll, waedlyd hon. Roedd y saethwr yn uchelfannau'r gwesty yn parhau â chroes ei sbiendddrych ar ei frest. Tynnodd un plismon *taser* o'i boced, anelu a thanio, a sigodd y tarw i'r llawr. Rhoddwyd gefynnau amdano wrth iddo wingo. Bu'r gwn trydan yn achubiaeth iddo, ond safodd y ddau heddwas yn fuddugoliaethus uwch ei ben tra eisteddai Iori yn swrth yn erbyn y wal gyfagos.

'Gadewch lonydd iddo fo. Leave him alone,' gwaeddodd llais o'r uchelfannau, a diflannodd baril dryll y saethwr o'r golwg. 'He was trying to save him, not hurt him. Stand back, I'm coming down.'

Roedd y stêm wedi mynd o ffroenau Iori erbyn i Stanley gyrraedd ato. Roedd y gefynnau yn dal amdano. 'Tynnwch rheina,' meddai wrth y ddau heddwas.

'Chi'n siŵr, Syr?'

'Berffaith siŵr.' Diosgwyd y gefynnau a rhwbiodd Iori ei arddyrnau. Ciliodd y ddau blismon wrth i Iori sgyrnygu arnyn nhw.

'Ti'n iawn?' holodd Stanley.

Nodiodd Iori.

'Y *taser* 'na'n rhoi tipyn o hergwd i ti, on'd yw e?'

Cododd Iori ei ysgwyddau.

'Tipyn o palafar, *eh*? Iori, ondefe?' holodd Stanley

Nodiodd Iori eto.

'Beth oeddet ti'n wneud yma?' holodd Stanley.

'Gwarchod,' oedd unig air Iori.

'Gwarchod Goss?'

Nodiodd Iori unwaith eto.

'Pwy anfonodd di?' holodd Stanley wedyn.

Edrychodd Iori i lygaid Stanley a hanner ysgwyd ei ben.

'Ti'n iawn i gerdded? Rhaid i ni symud. Bois y fyddin yn dod ac ambiwlans i ti hefyd.'

'Cerdded yn iawn, ambiwlans na,' meddai Iori yn bendant.

'Wedi dod â diwedd i'n helbulon ni, *officer*?' holodd llais DCJ o'r tu ôl i Stanley, oedd â'i awdurdod yn y sefyllfa yn amlwg erbyn hyn.

'Ydyn, diolch, Syr, ond rhaid i mi ofyn i chi symud i ffwrdd a gwneud hynny ar frys, os gwelwch yn dda.'

Safai Lee a Chuck o boptu i Ceredig i roi sylwedd i'w statws yntau. Roedd Chuck yn sganio'r sefyllfa o'u cwmpas.

'Chi'n gwybod pwy ydw i, *officer*?'

'Na wn i, ac ar hyn o bryd does dim ots gen i. Symudwch i ffwrdd. Dydy bomiau'n malio dim pwy laddan nhw. Nawr, ewch.'

Doedd ufuddhau i orchmynion ddim yn anian Ceredig. 'Rydw i'n un o berchnogion y gwesty,' meddai.

'Does aflwydd o ots ydych chi'n berchen ar y nefoedd. Jest ewch ac ewch nawr neu mi fyddwch yno. Ydych chi'n deall, Syr?'

Ciliodd Ceredig dan rwgnach gyda'i ddau was ffyddlon i gefn y gwesty at bawb arall, a oedd yn sefyll yno heb wybod dim am y ddrama a fu ym mlaen yr adeilad.

Roedd pwl Arthur drosodd pan drodd Stanley ei sylw ato. Roedd bellach wedi cael ei godi i eistedd ar y wal yn eithaf gwelw a blinedig, a phlismyn yn sefyll y tu ôl iddo o amgylch corff y gweinidog. Roedd ambell golffiwr hynod o blismonaidd yr olwg yno hefyd, ac un yn ceisio rhoi rhyw ychydig o gysur i Arthur. Cyrhaeddodd Glesni â gwydraid o ddŵr iddo.

'Wedi dod i chwarae golff, Stanley?' holodd Arthur gan anadlu'n drwm, wrth weld y plismon yn dod ato.

'Rhywbeth felly,' meddai Stanley. 'Arnat ti beint i dy angel gwarcheidiol yn fan 'co,' meddai, gan gyfeirio at Iori oedd yn cerdded tuag at ddiogelwch a'r plismyn oedd yn ei hebrwng yn cadw parchus bellter oddi wrtho. 'Tipyn o bwl cas gawsoch chi. Meddwl bo chi wedi cael harten.'

Ysgydwodd Arthur ei ben. 'Dim byd felly,' meddai, er na wyddai fawr am y munudau diwethaf a'i grebwyll yn dal yn eithaf sigledig. Tynnodd ei bwmp o'i boced a chymryd dracht dwfn. 'Asthma ddiawl! Ond dw i erioed wedi cael pwl fel yna,' meddai.

'DCJ oedd hwnna oeddwn i'n siarad â fe jest nawr?' holodd Stanley.

'Ia,' atebodd Arthur.

'Wela i, y dyn pwysig! Ar ei gyfer e oedd hyn i gyd?'

'Ia.'

'A'r bachan tal yna?' holodd Stanley.

'Rhyw fath o foi admin iddo fo.'

'A Mr Muscles?'

'Sioffer, *henchman*, galwch o be liciwch chi,' meddai Arthur yn lluddedig.

'Allwch chi gerdded at yr ambiwlans?' holodd Stanley.

'Na, dw i'n iawn. Dw i ddim yn mynd i'r un blydi

'sbyty. Wedi cael digon o'r rheini,' meddai Arthur yn chwyrn.

'Well i ni symud, 'te. Mae bois y fyddin ar eu ffordd,' meddai Stanley. 'Dw i'n clirio'r lle. Neb i nôl ei gar na'i waled na'i laptop. Pawb allan. Ni hefyd. Fe gaiff Mr Gweinidog aros am y tro. Fydd e ddim yn mynd i unman, greda i.'

Cododd Arthur, a chyrhaeddodd plismon ifanc i'w hebrwng yn sigledig at un o geir yr heddlu.

Pennod 12

'Jest rho fi i eistedd ar y fainc yn fan'ne, wnei di, hogyn?' meddai Arthur yn dadol wrth y cwnstabl ifanc a'i gyrrodd yn ôl i ganol y dref o'r gwesty ar hyd glan y môr.

'Ond mae ambiwlans ar ei ffordd i chi.'

'Dim ambiwlans, dw i'n iawn. Gwna un peth i mi, wnei di?'

'Ie, Syr?'

'Tyrd â 'nghar i lawr i'r dref, o'r maes parcio, wnei di? Mae'r goriade ynddo fo.'

'Sai'n gallu 'to, Syr. Mae bois y fyddin ar eu ffordd a does neb yn cael symud mewn na mas.'

'OK, diolch. Sortia i rywbeth.' Ymadawodd y plismon ifanc yn y car yn ôl i gyfeiriad y gwesty.

Roedd y môr yn bell allan a'r awyr yn gymylog. Doedd hi ddim yn olygfa i'w chofio ac ar ben hynny roedd gwynt oer yn codi o'r gogledd, ond roedd Arthur yn falch o fod ar ei ben ei hun. Tynnodd gôt ei siwt capel yn dynnach amdano. Roedd côt drymach ganddo yn ei gar ond roedd honno'n bell ac roedd ei ffôn ynddi hefyd. Teimlai boen yn ei frest â phob anadl.

'Well i chi ddod i mewn o'r gwynt oer yna,' daeth llais o gar y tu ôl iddo.

'Ti'n dweud wrtha i, Price,' meddai Arthur, a mynd i swatio wrth ochr y cwnstabl yn y car. 'Dyna i ti be ydy pnawn Sul tawel, myn diawl.'

'Roeddech chi'n iawn felly,' meddai Price.

'Oeddwn, ond pwy oedd yr adar?'

'Unrhyw syniad?' holodd Price.

'O oes. Dw i'n gwybod yn iawn, ond allwn ni brofi dim.'

'Fel yna mae hi'n aml, ondefe?'

Gwenodd Arthur ar ddoethineb y gŵr ifanc. 'Ti'n gorfod mynd i rywle? Rhywbeth pwysig gen ti i'w wneud?'

'Dim byd sbesial, Syr.'

'Gawn ni aros yn fan hyn i wylio?'

'Cawn siŵr, Bos, ond fase ddim yn well i mi fynd â chi gatre?'

'Na. Dw i heb gael pwl fel yna o'r blaen ond dw i'n OK. Dw i am aros. Tro'r injan ymlaen i mi gadw'n gynnes, wnei di?' Roedd lludded yn llethu Arthur. '*Power nap*, dw i'n meddwl,' meddai.

Ni symudodd Price ac ni ddiffoddodd yr injan, a chadwodd olwg barcud ar gyflwr ei gyn-fòs.

'*Goss gyda fi,*' tecstiodd Price.

Roedd y cythrwfwl wedi cyrraedd clustiau Doug Ellis a chyrhaeddodd hwnnw â golau glas o'r Rhewl. Gwelodd Arthur ef yn pasio a'i wylio yn cael ei droi yn ôl yn anfoddog, fel pawb arall, i bellter diogel. Roedd golau glas ym mhobman.

Gwelodd Arthur ambiwlans yn mynd heibio ac yn fuan wedyn trwy gornel ei lygad gwelodd Land Rover gwyrdd yn tynnu trelar, ond ni allai weld y robot yn cael ei ddadlwytho o'r trelar yn y maes parcio a'i lywio'n gelfydd ar ei draciau trwy ddrws trydan y gwesty. Ar ei sgrin gallai'r llywiwr weld y gwacter yn y cyntedd. Cafodd gyfarwyddyd am ble i fynd gan Glesni oedd yn cyfathrebu ag ef drwy glustffonau.

'That's it,' meddai hi wrtho. 'Right a bit, bit more. Right, there's the door. The bag's in there.'

Gallai'r llywiwr weld y drws yn dynesu ar ei sgrin. Roedd y fraich ar y robot yn ddigon deheuig i droi dolen y drws, symud yn ôl wedyn i'w agor, a mynd i mewn i'r ystafell. Sganiodd y camera ar ben y robot y storfa.

'That's it,' meddai Glesni. 'That bag on the left on the shelf, the big black one.'

Gellid gweld braich y robot yn ymestyn ac yn gafael yn handlen y bag a'i godi'n ofalus.

'That's it, you've got it,' meddai Glesni eto, wedi cyffroi drwyddi.

Cludwyd y bag yn ofalus trwy'r cyntedd ac allan i'r awyr agored. Daeth y robot allan o'r drws gyda'r bag o'i flaen fel rhywun yn cario sach o ddillad budron a'u harogl yn wrthun. Gwyliodd y llywiwr ef o hirbell o ddiogelwch y Land Rover a'i dywys i lawr y ramp ar gyfer trolïau golff i gyfeiriad y cwrs golff. Wedi cyrraedd yn ddigon pell, gosododd y robot y bag yn ofalus ar y llawr ar ganol un o'r grîns oedd newydd eu hatgyweirio wedi'r ymosodiad â'r lladdwr chwyn. Byddai tipyn mwy o atgyweirio i ddod.

Wedi i'r robot gilio, daeth llais capten y gatrawd ffrwydrolion dros uchelseinydd. 'Ready to detonate,' meddai, a chydio yn y ffôn fu yn llaw'r gweinidog. Tybiai y byddai'r alwad o'r ffôn yn driger ac y byddai ffôn arall yn y bag yn tanio'r ffrwydrolion. Roedd y rhif yn dal yn y ffôn ac roedd y signal yn gryf. Gwasgodd i wneud yr alwad ac aros... Dim.

Rhoddodd y capten y ffôn i'w glust. Roedd y ffôn yn canu, oedd, ond dim ffrwydrad. 'Get the robot ready for a detonator pack,' meddai wrth ei gyd-filwyr. Rhoddwyd pecyn bychan yn llaw'r robot gan un o'r milwyr i'w anfon yn ôl i ganol y grîn. Ciliasant i ddiogelwch eto. Defnyddiodd y llywiwr ei declyn unwaith eto, a gwelodd ei robot yn dynesu ac yn ymestyn ei law at y bag a gosod y blwch bychan ar ochr y bag. Roedd glud ar ymyl y blwch er mwyn iddo lynu i'r bag. Ciliodd y robot unwaith eto wedi cwblhau ei dasg. 'Ready to detonate,' daeth y llais dros yr uchelseinydd eto a chlywyd clec, yn hytrach na ffrwydrad mawr, ond gwelwyd dalennau o'r Beibl yn disgyn fel eira o amgylch y grîn. Roedd y bag wedi ei daflu ryw ugain llath ond roedd ei gorff yn ddiarcholl, heblaw am dwll sylweddol yn ei ochr.

'Bit of a false alarm, I think. Sweet FA in this one. Safe to go in now boys, I think,' daeth llais y capten dros yr uchelseinydd eto.

Dechreuodd dau filwr gerdded yn ofalus tuag at y bag yn eu helmedau a'u lifrai diogelwch. Cyn iddynt gyrraedd, bwriwyd y ddau i'r llawr gan ffrwydrad arall.

Daeth fflam a chwmwl o fwg o'r bag wrth iddo ffrwydro ac atseiniodd y glec dros y creigiau. Deffrowyd pob ci yn y dref a sgrechiodd y gwylanod yn orffwyll wrth i'r mwg gilio dros y cwrs golff i gyfeiriad y môr. Deffrowyd trigolion y Berig hefyd ac roedd cynulleidfa sylweddol wedi ymgasglu ar y prom i wylio o bellter.

'You boys OK?' gwaeddodd y capten dros ei uchelseinydd.

Cododd y ddau filwr ar eu traed a chodi bawd. 'False alarm, my arse!' gwaeddodd un.

Gyda'r ffrwydrad ar y grîn, lled-ddeffrôdd Arthur.

'Price. Cer â fi adre, wnei di?' meddai. 'Dyna hen ddigon o shinanigans am heddiw.'

'Iawn, Bos,' meddai Price, a throi ei gar i gyfeiriad y Rhewl a charafán Arthur. Wrth yrru trwy'r dref, aeth heibio i Osian a Branwen oedd ar eu ffordd at y cythrwfwl yn y gwesty.

Doedd Doug Ellis ddim yn hapus, ddim yn hapus o gwbwl.

'Who the hell are you?' meddai, wrth frasgamu at Stanley oedd yn amlwg yn rheoli pethau. 'I'm *Inspector* Ellis,' meddai. 'What's going on? I'll take over from here,' meddai wedyn gan bwysleisio'i statws.

'*Chief* Inspector Stanley ydw i a *na*, fyddwch chi ddim,' meddai Stanley, gan bwysleisio'i statws yntau. Sadiodd Doug Ellis. Sadiodd ymhellach o glywed hwn yn siarad Cymraeg. Sut y gwyddai Stanley ei fod yn medru'r iaith? 'Pethau'n dod i ben yn eitha boddhaol.

Ddim yn hollol foddhaol, greda i, ond wedi dod i ben o leia,' meddai Stanley'n fyfyrgar a throi i edrych tuag at y gwesty o'u pellter diogel. 'Pwy feddyliai? Y gweinidog. Does dim dal. Does dim patrwm taclus. Byth!'

'Ond beth sy wedi digwydd?' holodd Doug Ellis eto.

Cyrhaeddodd Branwen ac Osian cyn iddo ddechrau traddodi'r hanes. Roedd Doug Ellis yn llai hapus fyth mai atyn nhw y trodd Stanley i egluro beth ddigwyddodd, a rhaid oedd iddo wrando o'r ymylon.

'Ble mae Arthur nawr?' holodd Branwen yn groch wedi iddi wrando ar druth Stanley.

'Mae e'n iawn. Mae e'n saff. Ma' Price 'da fe.'

'Pwy yw Price?' holodd Branwen.

'Un o'n bois ni. Adnabod Goss yn dda.'

'Pwy ydy *ni*?' holodd Branwen wedyn.

'Yr heddlu, neu rywbeth felly,' atebodd Stanley yn ddigon annelwig. 'Ni ydy'r cafalri, fel mae Arthur yn ein galw ni.'

'Ond *ni* ydy'r heddlu lleol,' meddai Doug Ellis yn chwyrn.

'Ry'n ni'n trympio'r heddlu lleol, mae gen i ofn. Dim dadlau. Rhaid i i chi fyw 'da hynny, Insbector Ellis. Nawr, unwaith i fois y fyddin adael mae'n syniad i chi fynd i dawelu pethau yn y gwesty a thacluso. Mae lot o bobl heb orffen eu cinio dydd Sul, ac mewn panics llwyr. Mae 'da fi lot o waith glanhau i'w wneud hefyd.'

'Dim chwarter beth fydd 'da ni,' meddai Osian.

'Beth chi'n feddwl?' holodd Stanley.

'Gweinidog y dref wedi gosod bom ac wedi ei ladd.

Seren y gymdeithas? Dim problem!' meddai Osian yn ddilornus. 'Fe fydd angen therapi ar hanner y lle.'

Roedd y fyddin yn dadfachu eu gwarchae o dâp plastig glas a gwyn. Roedden nhw wedi bod trwy weddill y stordy heb ddarganfod dim mwy na deunydd glanhau. Roedd y gwesty'n ddiogel. Gallai'r heddlu ailafael mewn pethau.

'Ewch ati, *Insbector*, ond cadwch bawb yn y cefn tan i ni orffen ein glanhau ni,' meddai Stanley. 'Ac os bydd rhyw Americanwr yn ceisio lordio'i statws, cadwch e mas hefyd. Iawn?'

'Iawn,' meddai Doug Ellis a gadael braidd yn wasaidd, ond yn ffrwtian y tu mewn.

Cyrhaeddodd fan ddu a mynd i du blaen y gwesty. Roedd y 'glanhawyr' wedi cyrraedd. Cyrhaeddodd ambiwlans ar gyfer Iori ond gwrthododd fynd iddo.

* * *

Gwyliodd Carwyn bopeth ar ei sgrin o bellter ei dŷ. Roedd Ethni yn sefyll y tu ôl iddo a'i hwyneb yn welw. Trodd i edrych arni a chododd un wefus. Anodd oedd dweud beth oedd ystyr ei ystum, ond gwyddai Ethni yn iawn.

* * *

Pan gyrhaeddodd Ceredig at Branwen roedd hi ar ei ffôn am tua'r pumed gwaith. Nid oedd dim ateb o ffôn Arthur. Rhoddodd ei freichiau amdani i'w chysuro.

Derbyniodd hithau ei gysur ond roedd hi'n dal i wrando ar ei ffôn.

'Pwy wyt ti'n ffonio?' holodd Ceredig.

'Arthur.'

'Pwy yw Arthur?'

'Ti ddim yn ei nabod e. Fe oedd yn y ffrynt yn trio stopio hyn i gyd. Ti ddim yn gwybod.'

'Mae'n amlwg,' meddai Ceredig. 'Dere 'da fi. Brandi wrth y bar, dw i'n meddwl.'

'Sai moyn ffycin brandi. Fi jest moyn siarad 'da Arthur,' meddai hi'n orffwyll.

'Wow! Rwy'n deall,' meddai Ceredig, a chodi ei ddwy law o'i flaen yn darian rhag dicter Branwen.

'Na, ti ddim yn deall. Brandi, blodau, carisma a lot fawr o arian. Ti'n meddwl bod hynna'n ateb i bopeth. So fe'n gweithio fel 'na. Ddim ffordd hyn o leia. Jest gad fi fod am y tro, wnei di? Jest am y tro.'

'Iawn,' meddai Ceredig a safodd yn ôl.

Roedd Stanley nid nepell oddi wrthynt. 'Pwy yw Price?' holodd Branwen.

'Un o'n bois ni,' atebodd Stanley.

'Ydy ei rif ffôn e 'da chi?'

'Ydy.'

'Ffoniwch e, wnewch chi?'

'Iawn,' atebodd Stanley.

*   *   *

Pan gyrhaeddodd Arthur a Price y garafán, doedd fawr o siâp ar Arthur. Baglodd trwy'r drws a safodd yn ymladd am anadl wrth y sinc. Roedd y boen yn ei frest o hyd.

'Gwely, dw i'n meddwl,' meddai Arthur a baglu eto i'r ystafell wely. O'r tu allan i'r drws clywodd Price ef yn stryffaglio i dynnu ei ddillad ac yn cwympo i'r gwely. Gwrandawodd tra gostegai ei anadl, bodlonodd ac aeth i eistedd yn y lolfa. Canodd ei ffôn a clywodd lais ei fòs.

'Stanley yma. Rhywun eisiau siarad 'da ti.'

'Helô. Branwen sy 'ma. Ble mae Arthur?'

'Yma, yn y garafán,' meddai Price.

'Iawn. Fi'n dod,' meddai Branwen. Ni chlywodd Price air arall ganddi a daeth llais Stanley yn ôl. Cafodd grynodeb o ddigwyddiadau'r prynhawn ganddo.

O fewn llai na hanner awr roedd hi y tu allan i'r garafán. Churodd hi ddim ar y drws. Cerddodd i mewn a chanfod Price yn eistedd yn y lolfa.

'Price?' holodd. Nodiodd yntau. 'Arthur?' holodd hi wedyn.

Amneidiodd Price i gyfeiriad yr ystafell wely.

'Sut ma' fe?' holodd.

'Eitha,' meddai Price gan siglo'i law yn ôl a blaen. 'Cysgu nawr.'

'Anadl?'

'Tila braidd,' meddai Price, 'ond yn well nawr. Dw i wedi codi i wrando bob hyn a hyn. Sai'n meddwl bo fe wedi cysgu rhyw lawer y nosweithiau diwethaf. Roedd e'n chwyrnu o leia jest nawr,' meddai â gwên.

Roedd sylw diwethaf Price yn rhywfaint o ryddhad iddi. Agorodd gil y drws i'r ystafell wely. Roedd Arthur yn cysgu'n sownd. Caeodd y drws eto. 'Mae cwsg yn llacio'i frest e fel arfer. Ei adael am y tro sy orau,' meddai.

'Ie. Chi am i mi aros?' holodd Price.

'Am nawr,' meddai hi.

'OK,' meddai yntau.

Eisteddodd Branwen wrth ei ochr ar y soffa a dechrau igian crio.

Rhoddodd Price ei fraich amdani. Dieithryn oedd e i bob pwrpas iddi. Ni wyddai hi faint a wyddai am ei thrallod ac am drafferthion y Berig. Ond roedd digwyddiadau'r diwrnod wedi mynd yn drech na hi ac roedd hi'n falch ei fod yno.

Gostegodd ei dagrau ar ôl tipyn a chwythodd wynt o'i bochau. Pasiodd Price focs o hancesi papur iddi. Cymerodd hi un a chwythu ei thrwyn. 'Pwy wyt ti, Price?' holodd hi.

'Jest plismon, Branwen.'

'Ti ddim jest yn blismon, wyt ti? Neu fyddet ti ddim yn gwybod pwy ydw i.'

'Wel, rwy yn adnabod Arthur yn dda. Roedden ni'n gweithio 'da'n gilydd.'

'Ie. Wn i hynny. Ti'n gweithio 'da'r boi 'na oedd yn trefnu popeth wrth y gwesty.'

'Ydw. Stanley.'

'Pwy yw e, 'te?'

'Y Bos.'

'Roeddwn i'n gallu gweld hynny, ond pwy yw e?'

Cyn i Price orfod ateb y cwestiwn, agorodd drws yr ystafell wely y tu ôl iddynt i'w achub. Safai Arthur yno yn ei ddillad isaf yn edrych fel drychiolaeth ac yn dal i fod yn brin ei anadl.

'Be gythrel sy'n digwydd?' holodd. 'Mae gen i yfflon o glais ar fy mrest ac mae o'n boenus ar y diawl.'

'Iori, Bos.'

'Iori?'

'Ie. Rhaid bo fe'n meddwl bo chi ddim yn edrych yn rhy dda ac fe wnaeth e ddyrnu'ch brest chi. CPR o beth glywais i.'

'CPR efo blydi mwrthwl? Sut dois i yma? Sut wyt ti yma?' meddai wedyn wrth Branwen. Roedd hi wedi codi erbyn hyn i'w hebrwng i sedd yn y lolfa.

'Ti'n iawn?' holodd hi a rhyddhad yn ei llais.

'Wrth gwrs 'mod i'n iawn. Paid â ffysian.' Aeth Branwen i nôl gŵn llofft iddo. 'Cofio uffern o ddim byd ers i mi weld y gweinidog yn disgyn yn ôl a'r wên wyllt yna ar ei wyneb o. Wedyn blanc.' Roedd Arthur yn sefyll mewn penbleth ger y sinc.

'Reit, Arthur Goss,' meddai Branwen yn eithaf chwyrn. 'Gwisga hwn ac eistedd yn fan 'na. Price, wyt ti'n gallu gweithio tegell?'

'Ydw, Miss,' meddai yn ufudd a chododd at ei ddyletswydd.

'Be gythrel sy wedi digwydd?' meddai Arthur unwaith eto gan eistedd o'r diwedd. Roedd lliw yn dod i'w fochau a Branwen yn dawelach ei meddwl.

'Arthur Goss – aros di yma'n dawel am weddill heddi. That's an order. Iawn?'

'Iawn, Miss,' meddai Arthur.

'Price, gei di ddweud yr hanes i gyd,' meddai hi. 'Rhaid

i mi fynd. Gewch chi drafod stwff ditectif. Rhaid i mi fynd i weld Carwyn; fydda i 'nôl yn hwyrach. Mae lot 'da ni i'w drafod, Mr Goss.' Roedd penderfyniad yn ei llais. Rhoddodd gusan ar foch Price wrth ymadael. 'Diolch,' meddai wrtho'n dawel a throi am ei char.

* * *

Wrth gerdded trwy ddrws tŷ Carwyn, galwodd Branwen yn ôl ei harfer, 'Branwen yma. Helô?' Nid oedd ateb na sŵn o ystafell Carwyn. Ethni oedd ar ddyletswydd heddiw.

* * *

'Felly, mi oedd yna fom,' meddai Arthur wedi i Price orffen adrodd yr hanes.

'O oedd,' meddai Price.

'Un mawr?'

'Digon mawr, Syr. Wedi torri tipyn o ffenestri yn y gwesty pan aeth e off, o beth maen nhw'n ddweud.'

'Diolch i'r drefn am hynny.'

'Pam, Syr?'

'Fasen ni wedi edrych yn uffernol o dwp tase 'ne ddim un wedi bod. Mi fase'r papurau wedi bod wrth eu bodd efo'r stori. Lladd y gweinidog am ddim rheswm. Mi gân nhw ddigon o hwyl efo'r stori fel y mae hi, greda i.'

Eisteddodd y ddau yn feddylgar am rai munudau.

'Popeth ar ben, Syr?' holodd Price ar ôl tipyn.

'O na, ddim eto. Mae'r eryr wedi mynd ond pwy

ydy'r adar?' meddai Arthur gan amneidio at y llythyrau ar y silff.

'Syniadau?'

'Oes, ond ddim eto, Price. Ddim eto.'

'Beth ddaw o'r Berig, chi'n meddwl?'

'Dim clem. Dim clem o gwbwl. Problem rhywun arall ydy'r Berig.'

'Chi'n siŵr, Syr? Mae digwyddiadau heddi wedi'ch dwyn chi reit i mewn i ganol pethau. Fydd cuddio fan hyn yn y garafán ddim yn opsiwn bellach.'

'Grêt. Mae pobl ddoeth ac onest fel ti yn gallu bod yn rêl poen yn y pen ôl, ti'n gwybod, Price,' meddai Arthur gan rwbio'i frest. Roedd clais sylweddol yno a hwnnw'n dechrau dod yn raddol amlycach.

'Diolch, Syr,' meddai Price. Canodd ei ffôn ac atebodd. Ni allai Arthur glywed y llais y pen arall.

'Datblygiadau?' holodd Arthur wedi i Price orffen yr alwad.

'O oes,' meddai Price. 'Carwyn wedi marw yn sydyn. Y nyrs wedi marw hefyd. Rhaid i mi fynd.'

'Ddim hebdda i,' meddai Arthur wrth droi'n ôl i'w ystafell i wisgo.

* * *

Roedd plismyn ac ambiwlans yno pan gyrhaeddodd Arthur a Price y tu allan i dŷ Carwyn. Canfu Arthur Branwen yn eistedd yn y gegin a phlismones gyda hi.

'Ti'n iawn?' holodd. Roedd ei phen yn ei dwylo a

hithau'n eistedd ar stôl yn rhythu ar y llawr. Cododd wrth glywed ei lais a rhoi ei breichiau amdano.

'Be sy'n digwydd, Arthur? Jest gwna sens o bethau i mi, wnei di?' meddai, a thorrodd yr argae. Bu'n igian crio am rai munudau. Ni ddywedodd Arthur ddim. Gosododd hi'n ofalus yn ôl ar y stôl yng ngofal y blismones a cherdded i gyfeiriad ystafell Carwyn.

Roedd popeth fel y darganfu Branwen yr olygfa. Aeth at ddrws ystafell Ethni yn gyntaf. Roedd hi'n gorwedd ar y gwely yn farw ac un goes yn hongian dros yr erchwyn. Doedd dim artaith ar ei hwyneb ond roedd nodwydd ar y llawr lle gollyngodd hi. Daeth plismon o'r tu ôl iddo.

'You can't come in here,' meddai. 'O, sori, Syr, wyddwn i ddim mai chi oedd e, Mr Goss,' meddai wedyn wrth sylweddoli pwy ydoedd, neu pwy a fu.

'Dim problem,' meddai Arthur.

'Bois SOCO ar eu ffordd draw,' meddai'r plismon ifanc braidd yn nerfus. 'Fi ond yn sicrhau nad oes neb yn cyffwrdd dim byd.'

'Iawn,' meddai Arthur, a cherdded heibio iddo i'r brif ystafell yn y tŷ haul. Roedd cadair Carwyn â'i chefn ato ac ni allai weld ond cefn ei ben uwchlaw'r gadair. Roedd y sgriniau ymlaen o hyd a llun o'r gwesty ar y brif sgrin, a gellid gweld golau'r Berig islaw o amgylch y bae trwy'r ffenest. Roedd yr haul wedi hen fachlud drosto. Cerddodd Arthur yn ofalus dros y carped, gan sicrhau nad oedd yn sathru ar ddim, tan iddo ddod wyneb yn wyneb â Carwyn oedd â'i lygaid ar agor yn edrych drwy'r ffenest allan i gyfeiriad y bae. Roedd gwên gam ar ei wyneb a'i gorff yn llonydd a'i freichiau'n llipa, ac roedd nodwydd ar y llawr wrth ei ochr.

Edrychodd yn hir ar Carwyn. 'Roeddet ti'n gwybod yn iawn, on'd oeddet ti, ond allet ti ddim dweud wrth neb. Roedd un o'r adar yn gofalu amdanat ti ac mi oeddet ti'n clywed popeth, ac mi oeddet ti'n gwybod popeth, on'd oeddet ti?' meddai Arthur. 'Fe gei di heddwch rŵan. Fydd neb ar dy ôl di rŵan. Fe gaiff hwnnw oedd yn y wal fynd i abergofiant. Mae rhyw fath o gyfiawnder yn hyn i gyd, on'd oes? Ydy breuddwyd dy dad yn mynd i farw efo ti, sgwn i?' Trodd Arthur i edrych trwy'r ffenest. 'Pwy a ŵyr, Carwyn, pwy a ŵyr?' ychwanegodd yn fyfyriol.

'Be chi'n wneud fan hyn?' holodd llais Doug Ellis o gyfeiriad y drws.

'Tyrd i mewn, Doug. Dw i wedi gweld beth oeddwn i am ei weld. Gei di gymryd drosodd rŵan.'

'O, diolch,' meddai Doug Ellis yn goeglyd. 'So chi wedi cyffwrdd â dim, y'ch chi?' holodd.

Edrychodd Arthur yn ddilornus arno a cherdded allan yn ôl i gyfeiriad y gegin. Roedd gwaith ymgeleddu ganddo i'w wneud.

'Hi laddodd e?' gofynnodd Branwen iddo pan ddaeth yn ôl i'r gegin.

'Ia, efallai, neu fe roddodd hi'r syrínj yn ei law o.'

'Alle fe ddim gwneud hynny.'

'Ti'n siŵr? Roedd o'n gallu trin lifer ei gadair olwyn a botymau'r sgriniau. Fyddwn ni byth yn gwybod.'

'Pam?'

'Mae yna lot o pam.'

'Cer â fi gartre, wnei di, Arthur?' meddai hi.

'I'r tŷ?'

'Ie, a paid ti â meiddio dianc yn ôl i'r garafán yna,' atebodd hithau a chodi. Roedd penderfyniad yn ei hymagwedd unwaith eto.

Wrth gerdded at gar Branwen gwelodd Arthur Iori yn eistedd ar wal oedd yn agos i'r drws. Roedd ei ben yn isel a'i goesau mawr yn hongian dros erchwyn y wal. Er cymaint ei gorffolaeth, edrychai fel plentyn coll. Roedd ei fyd yn disgyn yn dipiau mân.

'Well i ni gael gair efo Iori,' meddai Arthur.

Eisteddodd y ddau y naill ochr i'r gŵr mawr. Rhoddodd Branwen law famol ar ei lin. 'Mae e mewn lle gwell nawr,' meddai hi.

Dim ond nodio wnaeth Iori a pharhau i edrych ar y llawr.

'Mae arna i beint i ti o be glywes i,' ychwanegodd Arthur ar ôl tipyn i dorri'r tawelwch. 'Ti'n dipyn o foi ar y CPR yna. Ble ddysgest ti hynna?'

'Teledu,' meddai Iori.

'Wnest ti ddim gwneud *mouth to mouth* i mi, naddo?' holodd Arthur.

Torrodd gwên ar wyneb Iori ac ysgydwodd ei ben.

'Mam yn iawn?' holodd Branwen.

Nòd arall.

'Ti dal 'da ni, ti'n gwybod,' meddai hi wedyn. 'So ni'n mynd i anghofio amdanat ti.'

'Gei di edrych ar ôl Branwen nawr,' meddai Arthur.

'Fi'n gwybod,' meddai Iori yn dawel. Bu'r geiriau

yn rhywfaint o falm iddo. 'Mynd i sorto'r ceffylau mas nawr.'

'Cer di,' meddai Branwen.

Cododd a gadael, a gwyliodd Arthur a Branwen ef yn gyrru i lawr tua'r ffordd a'i olau'n diflannu o'r golwg.

'Ti anfonodd Iori i ofalu amdana i?' gofynnodd Arthur i Branwen.

'Nage.'

'Hmm,' meddai Arthur yn feddylgar. 'Roedd llawer mwy o grebwyll gan dy frawd nag oedden ni'n ei feddwl.'

'Be ti'n feddwl?'

'Fo anfonodd Iori i ofalu amdana i. Wn i ddim sut ond fe wnaeth. Tyrd, fe gaiff yr heddlu wneud beth mae'r heddlu'n ei wneud. Fe wnaiff Price ffonio os oes ein hangen,' meddai Arthur, a gadwasant hwythau. Roedd yr amser wedi dod i Branwen gael ei dadrithio. Câi glywed am y plu. Roedd noson hir o ymgeledd ganddo o'i flaen.

Pennod 13

Daeth y bore, a helyntion y Berig yn benawdau i'r teledu a'r papurau newydd. Roedd y diddordeb yn rhyngwladol bellach, gyda CNN a CBS wedi cymryd sylw, hyd yn oed. Roedd newyddiadurwyr yn frith o amgylch y lle a darlledwyr o fri a'u dysglau lloeren wedi tyfu fel madarch dros nos. Roedd penawdau am 'Derfysg ym Mharadwys'. Roedd hanes Carwyn wedi bod ar y newyddion boreol ac wedi ychwanegu at chwilfrydedd pawb. Bu cyfweliadau byw â phobl y dref, a oedd yn barod i siarad gan fod y lle mewn rhyw berlewyg o sioc; wedi'r cwbwl, bu'r Parchedig Mansel Jenkins yn dipyn o arwr i sawl un a'i farw yn brofedigaeth. Doedd eu dadrithiad o ddarganfod mai dihiryn ydoedd ond yn ychwanegu at ddwyster eu teimladau ffwndrus. Cafwyd un cyfweliad â Steff. Roedd yn falch o ddatgan bod trallod y dref ar ben, ac yn awyddus i sicrhau pobl bod y lle bellach yn ddiogel a'r perygl wedi mynd am byth. Ni soniodd am sut y dechreuodd yr herwa yn y lle cyntaf gyda'r twll yn ei gwch a ddaeth o law saethwr anhysbys.

Roedd camerâu o amgylch y gwesty yn dadansoddi'r digwyddiad ac yn edrych ar y twll a adawyd yn y grîn ar ôl y ffrwydrad, ac roedd lluniau o'r difrod a wnaed i'r llongau yn yr harbwr ac o adfail y bwthyn a losgwyd. Rhoid tipyn o sylw i'r llythrennau DCJ a ysgrifennwyd ar y grîns, ac yn sgil hynny disgynnodd llewyrch y llifoleuadau ar Ceredig fel y cymhelliad i'r cythrwfwl i gyd. Bu cryn chwilota am wybodaeth amdano ac roedd dadansoddiadau deifiol yn cael eu paratoi ar gyfer papurau newydd y diwrnod wedyn. Nid oedd golwg o Ceredig ei hun, a bu Glesni'n geidwad y porth effeithiol wrth rwystro'r gohebwyr rhag tarfu arno yng Ngwesty'r Frân.

'Sut ni'n mynd i chwarae hyn, C'red?' holodd Lee wrth arllwys coffi o'r percoladur a anfonwyd i ystafell Ceredig, a chyfeirio at y gatrawd newyddiadurol oedd wedi ymgasglu y tu allan. Nid oedd Ceredig am wynebu'r ychydig westeion oedd ar ôl yn y gwesty dros frecwast ychwaith. Roedd Chuck yn ei dracwisg yn syllu drwy'r ffenest ar y garfan islaw ac yn edrych yn ddigon aflonydd.

'*Head on*, greda i, *head on*. Fe fydda i'n cwrdd â'r wasg yn swyddogol mewn hanner awr. Cer i ddweud wrthyn nhw, wnei di, a threfna 'da Glesni i ddefnyddio un o'r ystafelloedd cynadledda.' Trodd at Chuck wedyn. 'Go for your run, for God's sake. You're walking around like a caged lion. Go out the back. Nobody will see you. I'll be OK. No need for your skills now. Just have the car out the front by 10.45. You can start packing afterwards.'

'Wyt ti'n mynd i adael heddiw fel oeddet ti'n bwriadu felly?' meddai Lee.

'O ydw. Ond ddim tan y prynhawn yma. Lot o bethau i'w gwneud a'u dweud cyn hynny.'

'Fydda i'n aros yma, C'red?'

'O byddi. Ti ydy fy nhroed i yn y drws i ddod 'nôl mewn. Fe fyddi di'n gweithio 'da Osian. Sai wedi gorffen yma eto. O na! Fe rown ni amser i bethau dawelu'n gyntaf, dw i'n meddwl. Fi oedd achos y problemau yma yn nhyb y bobl. Fe ddôn nhw i ddeall mai fi yw'r ateb i'w problemau nhw, ddim yr achos. Mae'r teyrn newydd ar ei ffordd. Os nad ydy ennill calon y dywysoges yn bosib, bydd yn rhaid i arian siarad drosta i ac ennill y dydd. Colli brwydr heddiw ond ennill y rhyfel yn y pen draw. Dydy DCJ byth yn colli, Lee, byth yn colli!'

'Ydy Osian *on board*, C'red?'

'O ydy. Gest ti rif Eirlys Brân ganddo fe?'

'Do. Ti am i mi ffonio?'

'Na, ddim eto. Pethau'n llawer rhy groch 'ma nawr. Rho amser i bethau ddirywio ymhellach cyn neidio i mewn. Fe fydd y teulu'n sgrechian am achubiaeth. Faint o'r buddsoddwyr bach sy 'da ni?'

'Bron pawb erbyn hyn. Mae tua 45% 'da ni, wedi gwerthu neu wedi cytuno.'

'Iawn, ond fi ddim moyn rhan, Lee, fi moyn y cyfan.'

✳   ✳   ✳

Y trueni mawr i Arthur Goss oedd iddo ddod yn dipyn o arwr i'r cyfryngau. Ef oedd wedi arbed y dinistr a dod ag achubiaeth i bobl y dref. Tua hanner awr wedi wyth oedd hi pan ddaeth cnoc ar ddrws tŷ Branwen. Agorodd

Arthur y drws mewn gŵn llofft gan ddisgwyl y postmon. Tipyn o fraw iddo oedd gweld nifer o newyddiadurwyr a ffotograffwyr y tu allan a'u camerâu'n fflachio. Roedd geiriau Price ym dod yn boenus o wir. Caeodd y drws yn glep arnynt.

'Branwen,' gwaeddodd.

Daeth hithau o'r ystafell wely wedi hanner gwisgo. 'Beth sy'n bod?' holodd.

'Edrych trwy'r ffenest 'na. Paid â symud y llen yna, da ti!'

'Gogoniant mawr!' meddai hi ar ôl sbecian.

'Dw i'n mynd i wisgo. A' i i siarad efo nhw. Aros di yma,' meddai Arthur.

Ac felly y bu, ond prin fu'r wybodaeth a gafwyd ganddo. Roedd yn hen law ar gyfweliadau'r wasg ac ar wrthsefyll eu hymholiadau'n gwrtais. Byddai'n rhaid i'r wybodaeth ddod gan yr heddlu, meddai. Ni allai ychwanegu dim byd ar hyn o bryd, nac ateb unrhyw gwestiynau. Gofynnodd iddynt barchu eu preifatrwydd, er y gwyddai Arthur na chymerent un dafn o sylw o'i gais. Ciliasant yn rwgnachlyd yn fuan wedyn wedi cyfweliad mor fyr. Sylwodd Arthur fod Iori wedi cuddio yn y stablau rhag meithrin chwilfrydedd; wedi'r cwbwl, roedd ganddo ef ran go amlwg yn nrama'r diwrnod cynt. Daeth o'i guddfan yn wyliadwrus wedi iddynt ymadael. Cododd Arthur law arno trwy ffenest y gegin a chynnig cwpanaid iddo, ond troi at ei waith wnaeth Iori.

''Sdim lot o ddewis 'da ti, Arthur Goss,' meddai Branwen o'r tu ôl iddo. 'Ti yn y potes nawr, lico fe neu beidio. Mae realiti newydd yn gwawrio heddi a ti *yn* y realiti hwnnw.'

Canodd y ffôn ac atebodd Branwen. 'Iawn, Osian... Maen nhw wedi bod yma hefyd... Iawn... Fydda i lawr cyn bo hir. Cysyllta â Ceredig, wnei di? Mae 'da ni lot i'w drafod cyn iddo fe fynd. Un ar ddeg?' gofynnodd. 'Wyt ti'n dod?' meddai hi wedyn wrth Arthur.

'Na, mi ga i Iori i fynd â fi i nôl y car. Ddo i draw i'r swyddfa'n syth bìn.'

'Iawn, ond wyt ti i mewn?'

'I mewn yn beth?'

'Y potes.'

'Dim dewis, fel dwedest ti. Be ti am i mi wneud?'

'Dim byd, jest bod yna.'

Gwenodd Arthur a throdd Branwen i ymadael. 'Un peth cyn i ti fynd,' meddai Arthur. 'Cymer ofal.'

'Gofal rhag beth?' holodd Branwen, yn synnu at ei sylw.

'Pobl. Y rhai sy agosa atat ti.'

'Ond pwy ydyn nhw?'

'Pawb. Dim ond dau o Adar Rhiannon sy wedi trengi. Mae mwy. Cymer ofal.'

'Ond pwy?' holodd Branwen eto.

'Wn i ddim yn iawn eto.'

Cofleidiodd y ddau cyn iddi adael. 'Ti ydy'r *unig* beth soled sy gen i ar ôl yn y lle 'ma,' meddai hi. 'Paid â bod yn hir,' ychwanegodd wrth fynd at ei char.

I'r swyddfa yr aeth Branwen.

Prin oedd y gwaith a wnaed y bore hwnnw. Roedd

hanesion y diwrnod cynt yn ferw yn yr ystafell. Peidiodd y berw pan gerddodd hi trwy'r drws a safodd pawb yn stond heb wybod sut i ymateb, tan i rywun ddechrau clapio, a throdd y clapio yn gymeradwyaeth frwd.

Daeth Osian o'i ystafell. 'Mae'n ddrwg 'da fi glywed,' meddai.

Trodd Branwen i wynebu'r pymtheg o weithwyr oedd yno. 'Diolch i chi i gyd,' meddai. 'Fe ddown ni drwy hyn, fe gewch chi weld. Rhowch amser i mi bore 'ma. Fe fydda i'n siarad â phawb wedi i mi gasglu fy meddyliau. Diolch eto,' meddai hi wedyn a cherdded yn dalsyth at ei swyddfa. Roedd Rachel yn dawel a'i phen yn sgrin ei chyfrifiadur, yn ddiwyd fel arfer. Nid oedd cymeradwyaeth pawb arall wedi tarfu arni. Roedd ganddi wifren clustffon wrth un glust ac roedd sgwâr bach o deledu ganddi yng nghornel ei sgrin.

'Eirlys yn y swyddfa, Branwen,' meddai hi.

'Diolch, Rachel. Jest beth fi moyn,' meddai Branwen, a chodi ei llygaid tua'r nenfwd a chamu trwy'r drws.

'Beth sy'n mynd ymlaen?' oedd geiriau cyntaf Eirlys wrth i Branwen ddod trwy'r drws. 'So fi moyn dim byd i'w wneud â'r lle hyn bellach. Mae pythach yn dechrau mynd o ddrwg i waeth 'ma. Ni ar y newyddion bob whip stitsh.'

'Diolch am dy gydymdeimlad, Eirlys,' meddai Branwen yn goeglyd. 'Ydyn, mae pethau'n ddrwg, o ydyn, ond paid â gwneud pethau'n waeth. Fydd panic yn gwneud dim lles.'

'Ie, ond fi moyn tynnu mas – nawr.'

'Edrych, eistedd lawr.'

'Na. Sai moyn eistedd. Pwy yw'r boi Jones 'ma?'

'Un o'r buddsoddwyr.'

'So fe moyn prynu fy siâr i? Mae digon o arian 'da fe yn ôl y newyddion.'

'O oes, ond aros i werth y cyfranddaliadau fynd lawr ma' fe. So ti'n mynd i gael tri deg pedwar miliwn. Maen nhw'n mynd trwy'r llawr ar hyn o bryd.'

'Fi'n gwybod,' meddai Eirlys. Roedd rhywfaint o bwyll i'w hymarweddiad o'r diwedd. 'Dyna pam fi moyn tynnu mas nawr. So fi'n berson busnes. Mae stres hyn i gyd yn hala fi'n benwan.'

'Edrych,' meddai Branwen, 'mae'r pethau hyn yn cymryd amser. Sut byddai deg miliwn yn swnio?'

'Deuddeg,' meddai Eirlys. Roedd Hari, ei chariad newydd, yn amlwg wedi sefydlu'r pris yn ei phen yn barod.

'Iawn,' meddai Branwen.

'Wythnos,' meddai Eirlys.

'Pythefnos,' meddai Branwen.

'Iawn,' meddai Eirlys a chodi.

'Fe fyddwn ni'n cadw'r peth o fewn y teulu wedyn. Bydd y gwaith papur yn cyrraedd o fewn yr wythnos ac fe gawn ni arwyddo pethau'n swyddogol bryd hynny.'

'Iawn.'

'Deal?' holodd Branwen.

'Deal,' meddai Eirlys. Roedd hi wedi ei bodloni a chododd i ymadael.

'Dim gair wrth neb, cofia. Neb o gwbwl.'

'Iawn,' meddai Eirlys.

Wedi i Eirlys fynd, rhoddodd Branwen ei phen yn ei

dwylo a chwythu gwynt o'i bochau wrth ystyried ffwlbri ei haddewid. 'Deuddeg miliwn? Ble ydw i'n mynd i ddod o hyd i arian fel 'na,' meddai'n dawel. Roedd achubiaeth DCJ yn edrych yn anorfod, ond beth fyddai ei bris?

Canodd ei ffôn symudol.

'Hello. Brendan here,' daeth y llais.

'Hi, Brendan.'

'Just checking you're still coming to the funeral on Thursday. Hear you've been having a few problems over there.'

'Yes, I will be there. How do you know?'

'Headline news over here. Anything we can do to help?'

'Not unless you've got twelve million pounds in your back pocket.'

*　　*　　*

I faes parcio'r gwesty yr aeth Arthur yng ngherbyd Iori.

'Gwna ffafr â fi, Iori,' meddai wrth godi allan o'r cerbyd 4x4. 'Paid â bod yn rhy bell heddiw.'

'Pam?' holodd Iori.

'Jest rhag ofn.'

'Iawn. Ble?' holodd wedyn.

'Y fainc gyferbyn â'r swyddfa?'

'Iawn.'

'Diolch, Iori,' meddai Arthur a throi at ei gar ei hun.

Aeth Iori at y fainc yn ôl y gorchymyn. At yr un fainc ymhen tipyn y daeth Chuck am hoe, yn brin ei wynt ar ôl loncian ar hyd y promenâd a strydoedd y dref. Nid edrychodd Iori arno tra eisteddai Chuck yn cael ei wynt ato a'i ddwylo ar ei bengliniau.

'Sort of purdy, ain't it?' meddai Chuck yn y man.

'Hmm...' chwyrnodd Iori. Gwyddai yn iawn pwy oedd y gŵr wrth ei ochr ond nid oedd am ymgomio.

'Pity people keep gettin' killed round these parts,' meddai Chuck wedyn a thôn sarcastig i'w lais. 'Don't sort of make you feel safe.'

Daeth 'Hmmmm' hirach o grombil Iori y tro hwn ond ni throdd i edrych at Chuck.

'Talkative fella, ain't ya?' ychwanegodd Chuck.

Trodd Iori i edrych arno'n ddilornus ond ni ddywedodd air, a throdd wedyn i edrych ar y môr unwaith eto.

'This place gonna see some changes, I reckon, like them or not, and folks like you better get used to the idea.'

Trodd Iori yn ôl ato, edrych i fyw ei lygaid ac ynganu'n dawel, 'Go away.' Doedd dim emosiwn yn ei wyneb.

'Be nice. You're pickin on the wrong man, my friend,' meddai Chuck gan edrych yn herfeiddiol i wyneb Iori, a'i wefus isaf yn codi'n fygythiol. 'You and me will meet again some day, I'm sure, real sure!' meddai, a dod â'r gystadleuaeth rythu i ben.

Edrychai Iori yr un mor ddiemosiwn.

'Nice talking to you, my friend,' meddai Chuck, a gwên ffals yn lledu dros ei geg a malais yn ei lygaid. Cododd. Nid dyma'r amser na'r lle i benderfynu pwy oedd y pen pastwn. 'You'll see, my friend. You'll see,' meddai wrth gerdded i gyfeiriad y gwesty. 'Son of a bitch gorilla,' meddai dan ei wynt.

'Coc oen,' meddai Iori yn dawel.

*　　*　　*

Roedd faniau'r gohebwyr o gwmpas y maes parcio o flaen y gwesty ond doedd dim sôn am neb. Trawodd Arthur ei big i mewn i'r cyntedd a gweld bod y gohebwyr i gyd wedi ymgasglu mewn lolfa. Roedd rhywbeth yn digwydd. O fewn pum munud daeth Ceredig trwy ddrws ar ochr y lolfa gyda Lee i'w ganlyn. Fflachiodd y camerâu. Roedd camera yn darlledu lluniau byw yn y cefn hefyd. Safodd Ceredig yn hyderus o'u blaenau.

'Right, my friends, welcome. Hope you have all had coffee and a taste of our hospitality. I have just come out to say that the problems we have had in Berig are over. The source of the trouble that has been afflicting the town has gone. The police have done a great job. Thankfully, the bomb didn't go off in the hotel. Bomb disposal did a marvellous job too. Made the hole on the fourth green a lot bigger.'

Chwarddodd pawb. Clyfar, meddyliodd Arthur, oedd yn sefyll o'r golwg yn y cefn.

'Would you describe what has happened in Berig as an act of terrorism, Mr Jones?' daeth llais o'r gynulleidfa.

'Yes. But it's gone now. Completely neutralised.'

'Why do you think all of this has been targeted against you?' holodd llais arall.

'Just some religious crazy man on a mission to resist

my involvement in Berig. Saw me as a threat to the unique identity of the town. An outsider, he thought. I may live in the States but my heart is over here. Don't think he cared much for capitalism either. The world is global now and that affects Berig the same as everywhere else. There is no escape. Progress is good.'

'And are you a threat, Mr Jones?' holodd y llais eto.

'Depends how you look at it,' aeth Ceredig yn ei flaen. 'I am a very wealthy man with a lot of expertise in the leisure industry and more. I could widen the appeal of the Berig brand. This town could boom. If that's a threat, I don't know what the meaning of the word is. The town is in turmoil at the moment. Things need to settle down, but I could be the answer.'

'Are you intimidated by the antagonism towards you, Mr Jones?'

'No,' oedd ateb pendant Ceredig.

'Rumour has it that you're trying to take over the company that owns most of the town. Any truth in that?' daeth llais gohebydd arall.

'It's no secret that I have a significant interest in the town. How far that progresses, time will tell,' meddai Ceredig. 'I'm leaving today. I have matters to attend to back home. Lee here will be staying to manage my interests. Now, ladies and gentlemen, I have matters to attend to here before I go. You will have to excuse me.' Cododd Ceredig ei law i wrthsefyll unrhyw gwestiynau pellach ac ymadael â'r ystafell yn rhodresgar.

'Real lord of the manor, eh?' meddai un gohebydd sinigaidd wrth ei wylio'n ymadael.

'New kid on the block, more like,' meddai un arall.

Roedd Chuck erbyn hyn wedi dod yn ôl o'i ymgom â Iori ac yn eistedd yn y Range Rover yn barod i hebrwng Ceredig i'r swyddfa. Cododd o'r sedd flaen i agor y drws i'w fòs ac aeth Lee i'r sedd flaen arall. Gadawyd y gohebwyr yn garfan swnllyd yn y lolfa. Gwyliodd Arthur y cerbyd yn diflannu i gyfeiriad y dref. Cymerodd ddracht o'i bwmp cyn cerdded at ei gar. Diolchodd nad oedd bois y wasg wedi sylwi arno. Roedd y boen yn ei frest yn cynyddu.

Roedd allweddi, côt a ffôn Arthur yn y car fel y'u gadawodd nhw. Eisteddodd yn ôl yn y sedd i ostegu ei frest. Cododd ei ffôn. Synnodd fod digon o wefr yn y teclyn. Roedd neges iddo oddi wrth Price. Bu'r neges yno ers y diwrnod cynt – rhaid bod Price wedi anghofio nad oedd ei ffôn ganddo. Gwasgodd y botwm i'w ddarllen.

'Pwy sy'n byw yng Nghlos y Gollen? Neb o ddiddordeb, dim ond Rachel – ysgrifenyddes Branwen?'

'Shit,' meddai Arthur. Edrychodd ar ei watsh. Roedd hi'n chwarter i un ar ddeg. Dechreuodd anfon neges at Price.

'Tyrd â'r cafalri i'r swyddfa. Rŵan!'

Aeth y ffôn yn farw cyn iddo ei hanfon. Taniodd yr injan. Roedd ei anadl yn byrhau.

Wrth stopio'r car y tu allan i'r swyddfa, gwelodd Arthur Iori ar y fainc. 'Tyrd efo fi,' gwaeddodd, a chododd Iori yn ufudd a'i ddilyn. Roedd Range Rover llog Ceredig gerllaw gyda Chuck a'i ben yn ei ffôn. Aeth y ddau trwy'r drws a rhuthro i fyny'r grisiau. Nid oedd amser i egluro i Iori. Nid oedd Arthur yn siŵr a fyddai ganddo eglurhad beth bynnag, ac efallai ei fod ar fin gwneud ffŵl ohono'i hun. Cyrhaeddodd ben y grisiau ac oedi i gael ei wynt ato, a gweld Ceredig, Lee ac Osian yn diflannu i ystafell Branwen ac yn cau'r drws ar eu holau. Roedd gweddill y swyddfa yn gweithio'n eithaf normal erbyn hyn.

'Chi'n iawn, Arthur?' holodd un o'r gweithwyr o gyfrifiadur cyfagos wrth ei weld yn tuchan ar ben y grisiau.

'Ydw,' meddai Arthur ac amneidio ar y swyddog i ddod ato. 'Dw i ddim am i ti wneud ffŷs fawr ond yn ddistaw bach, fesul un, anfona bawb allan. Ond ddim Rachel.'

'Pam?' holodd y gŵr ifanc.

'Mater seciwriti. Jest gwna fo. A gwna fo rŵan!' meddai Arthur yn chwyrn mewn islais. Roedd ei anadl yn dychwelyd. 'Tyrd,' meddai wedyn wrth Iori, ac aeth y ddau yn eu blaenau trwy'r swyddfa ac eistedd ar ddwy gadair nid nepell oddi wrth Rachel oedd â'i phen yn dal yn ei chyfrifiadur, heb sylweddoli bod y swyddfa'n gwacáu yn raddol y tu ôl iddi. Roedd y gair 'seciwriti' a'r digwyddiadau dros y Sul wedi bod yn ddigon i ddarbwyllo'r staff mai doeth fyddai cydsynio â'r cais. Cerddodd Arthur a Iori ymlaen trwy'r swyddfa i gyfeiriad Rachel. Safodd y ddau o'i blaen. Edrychodd Arthur yn syth i wyneb yr ysgrifenyddes pan gododd ei phen o'i sgrin. Edrychodd hithau'n benderfynol yn ôl arno. Roedd gwacter oeraidd i'w gwedd.

Canodd ffôn Rachel. Cododd hi'r derbynnydd. 'Dod nawr, Branwen,' meddai hi. Ymestynnodd dan ei desg yn bwyllog a gafael mewn cas bychan. Roedd ei hwyneb yn hollol ddiemosiwn. Gwelodd Arthur ar ôl iddi godi fod cadwyn yn mynd o'r bag at ei harddwrn.

'Ga i weld y bag yna?' holodd Arthur.

'Na,' meddai hi'n bendant a chamu tua'r drws. 'Mae gen i waith pwysig i'w wneud, yn enw cyfiawnder. Fe fydd gwobr i mi yn y nefoedd, gewch chi weld, ac fe fydda i 'da Mansel.'

Neidiodd Iori o'i sedd i'w rhwystro.

'Cer o'm hôl i'r satan,' meddai hi'n chwyrn a chicio'r cawr oedd o'i blaen yn giaidd yn ei ffêr. Gafaelodd Iori ynddi a chwympodd y ddau i'r llawr.

Clywyd y glec yn diasbedain ar draws y dref.

Pennod 14

Ni wyddai Arthur lawer mwy am bethau tan iddo ddeffro y diwrnod wedyn yn yr uned gofal dwys yn ysbyty Aber. Roedd Branwen, Price a Dr Chandra wrth erchwyn ei wely. Roedd ei wyneb yn goch a chreithiau lu ar ei gorff dan yr eli oedd wedi ei daenu drosto, ac roedd hanner ei wallt wedi mynd. Roedd sling ganddo ar un fraich. Bu Price a Branwen yn gwylio'r monitor am oriau.

'Helô,' meddai Branwen wrth ei weld yn dadebru. Daeth gwên i wyneb Arthur a rhyddhad i'w hwyneb hithau.

'Sut chi'n teimlo?' holodd Price.

'Iawn,' meddai Arthur a'i lais yn gryg o dan y mwgwd ocsigen ar ei wyneb. ''Rioed wedi teimlo'n well.'

'Synnwyr digrifwch heb fynd felly,' meddai Chandra. 'Chi'n ddyn lwcus iawn.'

'Be ddigwyddodd?' holodd Arthur yn llesg wedi iddo lwyddo i symud ei fwgwd ocsigen.

'Twll mawr yn y swyddfeydd. Wrth lwc fe aeth y ffrwydrad am i lawr,' meddai Price, 'diolch i Iori.'

'Ti wedi achub bywydau lot o bobl, ti'n gwybod. Fi yn un ohonyn nhw, greda i,' meddai Branwen.

'Iori?' holodd Arthur.

Ysgydwodd Price ei ben. 'Safiodd e chi, ni'n meddwl,' meddai. 'Fe daflodd y ffrwydrad chi ar draws yr ystafell ta beth, ond chi dal 'da ni o leia. Neu mae'r monitor yn dweud eich bod chi,' ychwanegodd.

Daeth hanner gwên i wyneb Arthur.

'Dyna ddigon am nawr, Mr Goss. Gorffwyswch, a chadwch y mwgwd yna ymlaen,' meddai Chandra. Cododd Arthur ei fawd ar y meddyg, a chaeodd ei lygaid ac anadlu'n ddwfn o'r nwy bendithiol.

* * *

Roedd mwy o lewyrch ar Arthur y bore wedyn. Roedd Lois ei ferch gydag ef pan gyrhaeddodd Price.

'Sut ma' fe?' holodd Price.

'Grympi!' atebodd Lois. 'Rhaid bo fe'n well. Ti yw Price, ife?'

'Ie.'

'Gwna'n siŵr bo fe'n cofio taw hen blismon yw e, a bo fe'n gadael y plismona arwrol 'ma i chi fois ifanc o hyn ymlaen.'

'Iawn,' meddai Price.

'Adawa i i chi'ch dau siarad. Fi'n mynd am ddishgled. Iawn, Dad?'

Nodiodd Arthur ac amneidiodd ar Price i eistedd.

'Branwen wedi bod?' holodd Price.

'Do, ac wedi mynd. Wedi mynd i Iwerddon.'

'Pam?'

'Angladd ei nain hi fory. Fi ddwedodd wrthi am fynd. Dw i'n OK rŵan. Mae'n dda iddi gael dianc am blwc. Sut mae pethau yn y Berig?'

'Gwyllt. Heddlu a'r wasg ym mhobman. Mae'r lle yn bendant ar y map nawr. Yr Osian boi 'na, rhedeg rownd yn trial trefnu pawb. Dim ond cwpwl o bobl yn y tŷ bach lawr stâr oedd wedi brifo. Neb yn ddrwg,' meddai. 'Biti am Iori.'

'Ydy,' meddai Arthur.

'Maen nhw wedi symud ei fam i gartre Trem y Cei.'

Nodiodd Arthur.

'Fe fydd yn rhaid iddyn nhw dynnu hanner y swyddfa lawr o beth glywais i. Mae pobl y dre'n cerdded rownd mewn rhyw fath o drans. Ddim yn gwybod beth i feddwl na phwy i ymddiried ynddo.'

'DCJ wedi mynd?' holodd Arthur.

'O ydy, ond y bachan tal oedd 'da fe wedi aros, fi'n meddwl.'

'Be am yr adar?'

'Ymholiadau'n parhau.'

'Wedi edrych ar Ddetholion y capel?' holodd Arthur.

'Ni wedi siarad â sawl un o gyfoedion Rachel. Mae'r peth yn gymaint o sioc iddyn nhw â phawb arall. Ni wedi mynd i'w cartrefi a chymryd eu cyfrifiaduron nhw. Dim byd amheus hyd yn hyn. Pawb wedi ei ryddhau.'

'Dim ond y tri aderyn felly,' meddai Arthur.

'Synnen i ddim.'

'Fydd yna ddim mwy chwaith,' meddai Arthur yn bendant.

'Sut chi'n gwybod 'ny?' holodd Price.

'Taset ti wedi edrych ar y Gwgl peth yna am Adar Rhiannon mi fase fo wedi dweud wrthot ti mai dim ond tri ohonyn nhw oedd yn y chwedl. Roedd y parchedig yn sticlar am fanylion.'

'Roedd ei dŷ e'n llawn o offer gwneud bomiau. Roedd e'n gwybod ei stwff. Ystafell gyfan fel rhyw fath o labordy. Roedd stôr go helaeth o ynnau a bwledi hefyd.'

'Oedd 'na un â distewydd arno fo?'

'Oedd.'

'Pan gerddais i i mewn i'r tŷ roedd popeth yn eitha normal ac yn ofnadwy o daclus – rhywun oedd yn rêl OCD. Es i lan loft. Popeth yn eitha normal yn fan 'na 'fyd, heblaw am glamp o eryr mawr wedi ei beintio ar y wal uwchben ei wely, ac roedd un ystafell mewn rhyw fath o atig oedd fel rhyw le cysegredig, ac yn stydi iddo fe. Rhyw gymysgedd carbwl o grefydd a gwleidyddiaeth. Roedd yna fwrdd fel allor a chroes arni a chlamp o lun o eryr arall uwch ei phen a dwy ddrudwy ar bob ochr iddo fe.'

'Tri aderyn, ti'n gweld? Fo, Ethni y nyrs a Rachel yr ysgrifenyddes,' meddai Arthur.

'Trwy Rachel roedd e'n cael ei wybodaeth i gyd, am fynd a dod DCJ a gweithdrefnau'r cwmni,' meddai Price. 'A thipyn mwy,' ychwanegodd. 'Roedd ei DNA hi yn ei wely e.'

'Roedd hi'n glust a llygaid i fywyd Branwen a'r cwmni,' meddai Arthur.

'Beth am y nyrs?' holodd Price wedyn. 'Sut oedd hi'n ffito i mewn?'

'Roedd hi'n llai pwysig, greda i, ond trwyddi hi roedd Carwyn yn cael gwybod popeth, yn anuniongyrchol. Mae'n siŵr eu bod nhw wedi trafod cynlluniau'r gweinidog yn ei glyw. Synnwn i ddim nad oedd DNA'r gweinidog yn ei gwely hi hefyd.'

'Sut oeddech chi'n gwybod?'

Tapiodd Arthur ei drwyn. 'Hen sinig o gopar, ti'n gweld,' meddai. 'Mae lot o wirioneddau'n cael eu trafod dan ddillad y gwely. Disgrifia'r ystafell 'ma i mi.'

Aeth Price yn ei flaen yn frwdfrydig. 'Wel, roedd lluniau o Marx, Lenin, Pol Pot a Mao ar y wal ar un ochr a lluniau o Branwen, Carwyn, DCJ a chi ar y wal gyferbyn. Roedd yna lot o ffeiliau yn llawn pytiau papur newydd am hanes y pla ar y Berig ac am Branwen a'i theulu, a thoreth o wybodaeth am DCJ. Roedd y Beibl ar agor ar yr allor, drws nesa i *Das Capital*, Marx. Roedd llwythi o lyfrau athroniaeth ac economeg 'fyd a chopi o *Mein Kampf*, Hitler ar y silffoedd.'

'Oedd yna gopi o'r Mabinogi yno hefyd?' holodd Arthur.

'Oedd, roedd hwnnw ar y bwrdd wrth ochr y Beibl hefyd.'

'Hmm!' meddai Arthur yn fyfyrgar.

'Roedd ei gyfrifiadur e'n llawn o stwff terfysgol erchyll, a dolenni i lot o lefydd amheus, gan gynnwys rhai rhywiol. 'Dyn ni heb orffen ei ddadansoddi fe 'to. Roedd y gweinidog ar ryw fath o grwsâd. Hollol wallgo!'

'Sylwest ti ar ba dudalen roedd y Beibl ar agor?'

'Do.'

'A ...?'

'Arhoswch funud, mae gen i nodiadau fan hyn,' meddai Price ac estyn am lyfryn o'i boced. 'Efengyl Ioan, Pennod 2,' meddai, yn amlwg yn falch o drylwyredd ei ymchwiliadau.

'A beth oedd ar y dudalen honno?'

'Edrychais i ddim.'

'Manylion, fachgen, manylion,' meddai Arthur yn geryddgar.

'Wps,' meddai Price yn ffugedifeiriol.

'Synnwn i ddim nad hanes Crist yn anfon y marsiandïwyr o'r deml oedd yno. Darllen dy Feibl,' meddai Arthur.

'OK, Bos.'

'Mae'r bastard wedi cael ei ffordd ei hun yn y diwedd beth bynnag. Wedi difetha prosiect y Berig,' meddai Arthur yn athronyddol. 'Efallai ei fod o'n bownd o ddigwydd. Mae'r peth yn hollol absẃrd, ti'n gwybod.'

'Sut hynny?'

'Roeddet ti a fi'n trio gwneud rhywfaint o ddymchwel ein hunain ar un adeg, on'd oedden ni, a dyma ni'n galaru ei fod o wedi digwydd. Dydy bywyd byth yn daclus, ti'n gwybod.'

'Chi'n meddwl fod gobaith, Bos?'

'Mae'r cyfan ar ysgwyddau Branwen rẃan. Mae'n dibynnu pa mor gryf all hi fod,' meddai Arthur yn feddylgar.

Bu'r ddau yn dawel am gyfnod hir.

'Gwna un peth i mi,' meddai Arthur ar ôl tipyn.

'Beth, Bos?'

'Cer i tsiecio'r post i mi, wnei di? Mae'r goriad i'r

blwch post efo goriade'r car ac mae'r rheini y tu allan i'r swyddfa, 'swn i'n feddwl.'

'Iawn, Bos.'

'Ti'n gwybod beth ry'n ni'n chwilio amdano fo.'

'Ga i agor y post?'

'Cei. Ti sy'n plismona rŵan. Dyna be ddwedodd Lois.'

* * *

Fin nos, deffrôdd Arthur Goss a'i lygaid yn pefrio a thynnu ei fwgwd ocsigen. Roedd yn ymladd am ei wynt yn ôl pob golwg a'i freichiau'n chwyrlïo'n wyllt. Daeth Les, y nyrs oedd yn gofalu amdano, ato ar frys a galwodd am Dr Chandra. Roedd Arthur yn ceisio dweud rhywbeth rhwng ei anadliadau byrion.

'Ffôn,' meddai'n chwyrn wrth Les. 'Angen ffôn. Ffôn yn boced. Ffonio Price. Stopio Price,' meddai, cyn i Les ailosod y mwgwd ar ei wyneb. Roedd y graffiau ar y monitorau yr un mor wyllt â phwyll Arthur.

'Cwliwch lawr, Arthur,' meddai Les yn dadol. 'Does dim byd i boeni amdano.' Parhau i geisio siarad y tu ôl i'r mwgwd wnâi Arthur. Ond roedd Les yn gyfarwydd â digwyddiadau gorffwyll yn yr uned gofal dwys, ac nid oedd modd i Arthur ei ddarbwyllo nad gorffwylltra oedd achos ei anniddigrwydd.d

Roedd y nodwydd yn barod yn llaw Chandra. 'Dal e lawr,' meddai wrth nyrs arall a ddaeth i roi cymorth. Suddodd y nodwydd i fraich ei glaf a distawodd Arthur mewn eiliadau. Roedd golwg druenus, ymbilgar arno wrth gau ei lygaid.

* * *

Fin nos y diwrnod hwnnw, cyrhaeddodd Price y maes carafannau lle trigai Arthur. Yn y llwydwyll chwilotodd yn y pecyn allweddi am yr un mwyaf tebygol o agor y blwch post ger y gât. Dewisodd yn gywir. Nid oedd ond un pecyn yn y bocs, tua maint llyfr clawr meddal. Roedd yr amlen yn drwchus gyda wadin y tu mewn i ddiogelu'r cynnwys. Estynnodd i'w boced am y gyllell fechan a gariai gydag ef bob amser.

* * *

Bu'r angladd yn Clontarf yn un Catholig llawn gyda phob elfen o'r offeren. Rhaid bod pawb o ochr werdd y pentref yno. Sicrhaodd Brendan y byddai Branwen yn un o'r prif alarwyr yn rhes flaen yr eglwys. Bu llawer o drafodaeth yn y seddau y tu ôl iddi wrth i bobl bendroni pwy oedd y fenyw drawiadol hon. Gwyddai Branwen y byddai cwestiynau lu iddi am ei pherthynas â Siobhan yn y dafarn ar ôl y gwasanaeth. Daeth y cyswllt â'r teulu newydd hwn yn bwysicach iddi ers marwolaeth ei llystad a'i dau frawd, neu ei hanner brodyr, fel y darganfu. Nid oedd ganddi deulu ar ôl, dim ond ei dau fab, ac roedd y ddolen newydd hon yn bwysig iddi, er mor anghonfensiynol oedd y modd y daeth i wybod am eu bodolaeth ac am ei thad, Mathew Loughlin.

Claddwyd Siobhan gyda'i gŵr nid nepell o fedd Mathew, a bu hi'n un o'r dethol rai a daflodd bridd ar yr arch. Aeth oddi yno wedyn at fedd ei thad a sefyll yno'n dawel. Daeth gŵr henaidd ati a sefyll wrth ei hochr. Gwyddai Branwen pwy ydoedd.

'You miss him?' holodd yn ei acen Americanaidd, ond roedd tinc Wyddelig yn parhau.

'How can I miss someone I knew only briefly,' meddai hi. 'My feelings are confused, Simon.' Roedd yn syndod o debyg i'r hyn a gofiai am y brith olwg a gafodd o'i thad.

'You're in the family now,' meddai Simon. 'You and I have to talk.' Ciliodd wedyn a gadael Branwen i gyflawni ei defosiwn personol.

Yn y dafarn daeth Simon ati.

'Come with me,' meddai. 'It's a sunny day and it ain't too cold.'

Wedi cyrraedd un o'r meinciau ar gyfer ysmygwyr y tu allan, eisteddodd y ddau. Daeth un ysmygwr allan i danio sigarét. Gwelodd y ddau yn eistedd. Edrychodd Simon arno a gwyddai'r ysmygwr nad oedd croeso iddo yno, a chiliodd nes cyrraedd pellter parchus.

'Now about this twelve million pounds you're looking for,' meddai'n ddisymwth. 'You'd better tell me the whole story.'

'I don't know where to start,' meddai Branwen.

'The beginning is good,' meddai Simon.

Bu eu trafodaeth yn hir.

'Consider it done then. A wise investment, I think, and if it ain't, what the hell. I'm a wealthy old man and money isn't everything. Think of it as being in Mathew's memory. Sort of a righting of wrongs and besides, it's one in the eye for DCJ. I owe him one. What's the name of that bank again?'

'Banc y Ddafad Ddu,' meddai Branwen.

'Jees, I'll never remember. Email me. Here's my card.' Rhoddodd y cerdyn iddi. 'Send me the paperwork.'

Cymerodd Branwen y cerdyn ganddo a chynnig ei llaw iddo.

'Jees, I deserve more than that,' meddai Simon ac agor ei freichiau. Rhoddodd hithau ei breichiau amdano a gallai deimlo'r tensiwn yn llifo o'i chorff.

✳   ✳   ✳

Roedd hi'n ddiwrnod cyfan erbyn i Arthur ddeffro o'i drwmgwsg gorfodol, a hanner awr arall erbyn iddo gael rhywfaint o'i grebwyll yn ôl a chanfod Branwen yn eistedd wrth erchwyn ei wely. Roedd arwyddion o beth gwellhad ar y llosgiadau ar ei wyneb a'i freichiau. Yn ôl Dr Chandra, roedd y crachennau oedd yn casglu dros y briwiau yn ei argyhoeddi na fyddai angen grafftio croen, er y byddai'r creithiau ganddo am weddill ei oes. Ni fyddai angen ei drosglwyddo i ysbyty arall ychwaith. Er hynny, edrychai Arthur yn ddigon tila ac roedd Branwen yn falch o'i weld yn dadebru.

'Price?' oedd ynganiad cyntaf Arthur, â'r un olwg orffwyll ar ei wyneb â phan ddisgynnodd i'w drwmgwsg.

'Price?' holodd Branwen.

'Ia,' atebodd Arthur yn ddi-lais.

'Y Price yna?' holodd Branwen, gan gyfeirio at y gŵr ifanc oedd yn eistedd wrth erchwyn arall y gwely o olwg Arthur.

Trodd Arthur ei ben a gweld Price yn gwenu arno. 'Blydi hel,' meddai a daeth rhyddhad i'w gorff. 'Isio dy stopio di agor y post. Wedi methu.'

'Dw i ddim mor dwp â 'ny, Bos. Paced, ddim llythyr. Bois y fyddin agorodd e. Tipyn o pop 'fyd. Tipyn o sioc i bobl y maes carafannau pan aeth e off.'

'Neges?' holodd Arthur.

'Ddim lot o bwynt os oedd y pecyn yn mynd yn racs jibidêrs. Fyddech chi ddim wedi darllen lot o ddim byd tasech chi wedi ei agor e. Lot o blu gwynion ambwytu'r lle wedyn.'

'Blydi showman hyd y diwedd,' meddai Arthur gyda gwên. 'Sut dw i'n edrych?' gofynnodd i Branwen.

'Uffernol,' meddai hi. 'Ond fe wnei di'r tro,' ychwanegodd wedyn. 'Dim rhagor o'r shinanigans twp 'na wnest ti neithiwr, iawn?'

Nodiodd Arthur a chau ei lygaid, mewn cwsg naturiol y tro hwn.

'Ydy hi'n iawn i mi fynd, chi'n meddwl?' gofynnodd Branwen i Les.

Nodiodd y nyrs. 'Panic drosodd,' meddai.

'Mi fydda i'n ôl yn y bore,' meddai Branwen. Roedd hi'n hapus y byddai gwellhad iddo. Cododd Price a gadawodd y ddau. Roedd Lois a Llŷr, ei fab, ar eu ffordd beth bynnag.

Safodd y ddau yn dawel ger y lifft. Agorodd y drws a chamodd dau ifanc drwyddo. Adnabu Branwen Lois oddi wrth ei llun yng ngharafán Arthur. Tybiai mai ei brawd oedd y gŵr ifanc oedd gyda hi. Gwenodd yn gwrtais arnynt wrth i'r ddau gamu i'r coridor. Nid dyma'r lle ar gyfer cyflwyniadau, meddyliodd. Gallai hynny aros.

Diwedd

Prynhawn hynod o fwyn o Ragfyr oedd hi, ac roedd Arthur wedi mynd i sefyll ar y cei a phwyso ar y wal yn gwylio'r gwylanod yn chwilio am damaid prin ar y tywod wedi i'r llanw fynd allan. Roedd nifer o wylanod eraill yn ymlid rhyw aderyn ysglyfaethus oedd wedi dod i darfu ar eu tiriogaeth. Dihangodd rhag eu sylw blinderus i gyfeiriad y wlad. Roedd y cychod i gyd yn yr iard gyfagos. Cododd Arthur law ar Steff oedd wrthi'n gweithio ar ei gwch. Roedd cryn waith trwsio wedi bod arnynt ond byddai'r rhelyw yn barod ar gyfer y tymor hwylio nesaf. Yn unol â darogan Chandra roedd ei greithiau wedi gwella yn syndod o dda, yn arbennig trwy gyfrwng y bwyd da y mynnodd Margaret, morwyn Branwen, ei arlwyo iddo yn gyson yng nghyfnod ei ymgeledd yng nghartref Branwen. Roedd ei garafán yn dal ganddo, ond mynnodd Branwen na châi fynd yn agos at y lle tan iddo gael gwellhad cyflawn. Doedd y mater o'i gwerthu heb godi eto. Roedd hynny i ddod.

Roedd y wasg wedi hen ymadael bellach a hedd arferol Rhagfyr wedi dychwelyd, ond roedd enw y Berig bellach yn hysbys i'r holl fyd ac, er mawr dristwch i Arthur, felly hefyd ei enw yntau, er iddo osgoi pob ymdrech i'w ddenu am gyfweliad gan y cyfryngau. Roedd yr enwogrwydd a ddaeth i'r dref wedi bod yn hwb i dwristiaeth ar adeg ddigon llwm o'r flwyddyn, er gwaetha'r cysgod a ddaeth yn sgil y gair 'terfysgwyr' fu i'w weld yn gyson yn y papurau newydd. Roedd haul yn dechrau dod ar fryn a'r cysgod yn diflannu'n raddol.

Roedd gweinidog newydd ar ei ffordd i'r capel. Hyderai'r blaenoriaid y byddai hwn yn fwy confensiynol ei natur. Roedd y cynulleidfaoedd wedi crebachu'n sylweddol. Roedd blas cas ers pan dynnwyd sawl un o'r Detholion i'r ddalfa yn sgil y terfysg a fu, er i bob un gael ei ryddhau.

Bu tro ar fyd yn hanes y busnes hefyd. Dychwelodd un o'r contractau cig i'r lladd-dy ac roedd amryw o fusnesau newydd wedi dangos diddordeb mewn symud i'r ardal. Ni ddaeth yr un gair oddi wrth Ceredig. Tybiai Arthur, yn gywir, nad oedd wedi bod yn rhy fodlon pan werthwyd cyfranddaliadau Eirlys dan ei drwyn i Loughlin, o bawb, ac nid oedd colli yn ei natur. Byddai sialensau eraill i ddod.

Roedd Branwen hefyd wedi pechu yn erbyn Osian wedi iddo ddarganfod iddi wneud y ddêl yn Iwerddon heb ymgynghori ag ef. Daeth ei ymddiswyddiad yn fuan wedyn. Doedd hynny ddim yn golled yn ôl Arthur. Doedd hi ddim yn syndod iddo fod Osian wedi cael gwaith yn America yng nghwmni Ceredig bron yn syth bìn. Roedd Lee ar y llaw arall yn dal yn y Berig, yn gweithio i'r cwmni bellach, wedi iddo gael y sac gan Ceredig am beidio ag edrych ar ôl ei fuddion yn ddigon craff. Er mai ymgynghorol oedd natur ei swydd bresennol, roedd sôn mai ef fyddai'n etifeddu rôl Rhys Daniels yn y banc ar ôl iddo yntau ymgymryd â rôl Osian fel prif weithredwr. Yn ôl pob sôn, roedd Lee wedi ei swyno gan hedd a danteithion y Berig ac am ymgartrefu yn y dref. Roedd ei berthynas â Carys wedi blodeuo hefyd, er gwaetha'r dechreuad sigledig. Ei fethiant i brynu'r mân gyfranddaliadau oedd heb eu gwerthu i Ceredig oedd wrth wraidd y gynnen. Llwyddodd Branwen i godi'r arian i brynu'r ganran fechan hon, o ryw 1%, oddi wrth un o Gymry cefnog Llundain oedd am werthu. Ei bwriad oedd eu gwerthu wedyn i bobl y dref. Byddai eu hymlyniad wrth brosiect y Berig, trwy eu cynnwys ynddo, yn sicr wedyn. Roedd cyfarfod mawr wedi ei drefnu. Prin y byddai 1% wedi bodloni'r gweinidog, meddyliodd Arthur.

Daeth gŵr i sefyll wrth ochr Arthur. 'Shwmai, Goss,' meddai.

Ni throdd Arthur i edrych arno ond adnabu'r llais. 'Helô, Stanley,' meddai. 'Be wyt ti'n ei wneud yma?'

'Tacluso,' oedd ateb amwys Stanley. 'Pethau'n eitha taclus o beth wela i.'

'Mae'n dibynnu beth wyt ti'n ei feddwl wrth taclus,' meddai Arthur, yn dal i edrych ar y gwylanod.

'Wel, ma' fe'n ganlyniad o leia,' meddai Stanley.

'Ydy, os ydy'r ffaith fod popeth wedi troi ar ei ben yn ganlyniad,' meddai Arthur a throi at Stanley. 'Mi ydw i'n dal i fyw yn yr hen fyd du a gwyn yna a dydy beth sy wedi digwydd yn y Berig ddim yn gwneud sens i mi. Efallai ei fod o i ti, ond ddim i mi.'

Edrychodd Stanley yn fyfyriol at y cei unwaith eto. 'Ydy, mae e'n eitha abswrd am wn i,' meddai, 'ond os ydy rhywun yn derbyn yr abswrdiaeth mae e'n gwneud rhyw fath o sens.'

'Blydi hel, copar yn athronydd!' meddai Arthur.

Cododd Stanley ei ysgwyddau. 'Dyna sut ydw i'n gallu cadw 'mhwyll yn y lle llwydaidd rydw i'n byw ynddo fe bob dydd,' meddai. 'Chi'n gwybod beth, fe fydde stori dda yn y fan hyn.'

'Fel stori am rymoedd o'r hen oesoedd,' meddai Arthur. 'Ond fase neb yn ein credu ni,' ychwanegodd gyda chwerthiniad.

'Na fydde, am wn i,' meddai Stanley yn fyfyrgar.

'Wel, cymer ofal yn yr hen fyd llwyd yna,' meddai Arthur yn dadol, 'ac edrych ar ôl Price, wnei di?'

Gwenodd Stanley a chynnig ei law i Arthur. Ysgydwodd Arthur ei law yn araf ond yn frwd.

'Fe wna i 'ngorau,' meddai Stanley a throi i fynd. Trodd yn ôl wedi rhyw ychydig gamau. 'Un peth bach arall diddorol,' meddai. 'Ddim *ni* saethodd y gweinidog.'

'Be?' meddai Arthur yn gegrwth.

'Roedd dau saethwr 'da ni. Y naill yn meddwl mai'r llall wnaeth.'

'Blydi Nora! Chi'n mynd i wneud rhywbeth am y peth?' holodd Arthur.

'Sai'n credu. Rhy gymhleth, ond fe fyddai'n ddiddorol cael gair â'r bachan Connell 'na oedd yn gwarchod yr Americanwr 'na. Rhyw gyswllt â'r IRA ers talwm glywson ni, ond fydd e ddim yn ôl, greda i,' meddai Stanley, a throi at ei gar.

Gwyliodd Arthur ef yn mynd.

O'r cyfeiriad arall daeth Branwen a Lois ar hyd y promenâd, fel dwy chwaer yn giglan am rywbeth. Roedd realiti newydd Arthur wedi dod. Doedd fawr o ddewis ganddo nawr. Doedd ei bryder ddim i'w weld. Rhy daclus, llawer rhy daclus, meddyliodd.

Ar wal, nid nepell oddi wrtho, glaniodd gwylan a chodi ei phen a rhyddhau cri fonllefus, watwarus i'r awyr, cyn ymestyn ei hadenydd a chodi ar yr awel i ymuno â'i thylwyth ar y tywod.